비교문학개요

비교학적 접근 방법과 이론

프랑시 클로동 / 카랭 아다-보틀링

김정란 옮김

東 文 選

비교문학개요

비교학적 접근 방법과 이론[1]

FRANCIS CLAUDON
KAREN HADDAD-WOTLING

Précis de littérature comparée

Théories et méthodes de l'approche comparatiste

© Éditions Nathan, 1992

This edition was published by arrangement
with Éditions Nathan, Paris
through Shinwon Literary Agency, Seoul

차 례

■ **서론: 이 책은 무엇을 위해, 또 누구를 위한 것인가?** ——— 7
  1. 대학에서 ——— 7
  2. 지적 학문 ——— 9

1 비교에서 비교문학까지 ——— 11
  1. 자연 비교: 1단계 비교학 ——— 11
  2. 예시 비교: 2단계 비교학 ——— 16
  3. 3단계: 구조비교학 ——— 18

2 어떻게 비교할 것인가? ——— 31
  1. 공통분모 ——— 31
  2. 특 질 ——— 35
  3. 고증 해석: 초점 텍스트 ——— 36

3 비교문학 논술 ——— 39
  1. 전 제 ——— 39
  2. 쓰 기 ——— 44

4 작품 분석 ——— 79
  1. 비교문학 분석은 독특하다 ——— 79
  2. 형식화 ——— 96
  3. 다양한 비교문학 분석 ——— 99

원주 / 권장 도서 목록 / 참고 문헌 / 색인 ——— 147

이 책은 무엇을 위해, 또 누구를 위한 것인가?

앞으로 우리는 '비교'와 '비교학'의 문제를 다룰 것이다. 이 두 어휘의 개념을 정리하고, 비교에서 비교학으로 어떻게 전이해 갈 것인가를 연구하고, 비교 기술(技術)에 대해 논하기 전에, 좀더 구체적으로 말하자면 비교 논술과 텍스트 비교 분석 기술에 대해 논하기 전에, 일반적으로 비교문학이란 무엇이며, 위의 목표에 비추어 본서의 대상이 누구인가를 살펴보고자 한다.

1. 대학에서

프랑스 대학의 학과 편성에서 보면, 비교문학은 현대문학부에 속하며, 원칙적으로 전통 문학 과정(프랑스어·라틴어·그리스어)에 등록하지 않은 학생들을 겨냥한다. 비교문학은 다양한 관계 속의 현대문학을 연구할 것을 제안한다. 그런 까닭에 너무 야심적이고 너무 모호한 명칭을 갖게 된다. 좀더 분명하게 말하자면, 비교문학을 전공하는 학생은 대부분 유럽어(독일어·앵글로색슨어·로망스어·슬라브어)와 때때로 유럽 외의 언어(중국어·일본어·아랍어……)로 쓰여진 문학들을 고려하면서 문학의 일반 문제들을 연구한다. 이를 위해, 고대 지중해 지역에 치중된 '고전' 문화와는 다른 지리적·역사적 문화 체득이 전제된다. 당연히 폭넓은 언어학적·문학적 능력이 요구된다. 프랑스어 텍스트나 프랑스어로 번역된 텍스트만을 대상으로 비교문학을 할 수 없을 뿐더러, 마찬가지로 번역을 통해서만 그리스어와 라틴어를 읽는 것도 상상할 수 없다.

그러므로 모든 프랑스 대학의 현대문학 학위에는 비교문학이라는 구성 요소가 포함되어 있다. 이 요소는 다양한 명칭을 가질 수 있어서 개별적으로 인정받거나 프랑스 문학, 더 나아가 언어학과 연계될 수 있다. 또한 개혁이 진행됨에 따라 정부 교육 방침에 따라 1·2학년 과정의 학점을 이수하거나 학사 학위를 받는 등 상위 단계를 겨냥할 수도 있다. 과거에 한시적으로 비교문학 학사 학위가 존재하기도 했다. 1950년대에 이 학위가 개설되자 현대문학 교수자격 시험에, 비교문학에 대한 구두 시험과 필기 시험이 포함되었다. ('외국 작가들 작품의 일반적인 특성에 대한 논술'이라는 알쏭달쏭한 제목하에 출제되긴 했지만.) 그러나 특히 연구 단계에서, 다시 말해 고등 교육 2기 마지막 단계인 석사와 3기 단계인 박사 준비 과정(DEA)과 박사 과정에서는 비교문학을 전공으로 선택할 수 있고, 문체 연구나 중세 연구 또는 현대·근대 프랑스 문학을 전공할 수도 있다.

대학 교육의 기원

19세기 와서야 비교문학이 대학의 한 전공 분야가 되었다는 사실을 강조하는 것은 정말 중요하지 않다. 더구나 전문 비교학자들은 공식적인 기원에 대해 별로 확신이 없다. 몇 권의 훌륭한 참고 문헌들에 따르면, 비교문학의 준거가 될 만한 인물은 클로드 포리엘인 듯하다. 그는 1830년부터 소르본대학교에서 〈외국 문학에 대하여)라는 강좌를 담당하게 되었다. 프레데릭 오자낭이 그의 뒤를 이었고, 동시에 에드가 키네는 콜레주 드 프랑스의 역사과에 임명되기 전에, 1838년부터 리옹대학에서 외국 문학 강좌를 맡고 있었다. 마찬가지로 1839년에 렌에서는 자비에 마르미에가 이 분야의 교수였다.

역사와 자연과학을 모델로

무엇보다 비교문학 교육 정신을 강조하는 것이 중요하다. 몇 가지 간단한 특징을 알아보자.

포리엘·마르미에·키네는 스탈 부인이나 샤토브리앙의 전통을 따르는 세계주의자였다: 그들은 관습과 나라 그리고 문학을 여행하고 감탄하고 발견하고 비교했지만, 결국 흡사 기자들처럼 대중화하려는 의지로 글을 썼다. 그들에게는 체계가 없었다.[2]

비교에 근거를 둔 이 체계는 문학이 아닌 분야에서, 즉 자연주의자 퀴비에(1769-1832)의 유명한 《비교해부학 수업》에서 유입되었다. 그러나 이어 생트 뵈브가 그 중요성을 지적한, 빌맹과 장 자크 앙페르의 다양한 문학 수업들을 잊어서는 안 된다. 생트 뵈브는 1840년 2월 15일과 1868년 9월 1일의 《르뷔 데 되 몽드》에 실은 평론을 통해 '비교문학의 역사'[3]를 세운 공로를 앙페르에게 돌렸다. 이것이 바로 비교문학의 진정한 기원이다.

2. 지적 학문

그러나 일반 비교문학은 대학의 한 교과목으로만 국한되지는 않

는다: 논술이나 텍스트 분석에 있어 그 가치를 발휘할 지성 교육으로 좀더 광범위하게 생각되어야 한다. 그러므로 본 저서는 고등학교 때까지 비교학에 무지했고, 친숙하지는 않지만 이를 배우고자 하는 모든 문학도들을 위한 책이다. 앞으로 우리는 비교문학의 주요 문제와 유형별 연습 문제들을 구체적으로 다룰 것이다. '비교분석'이 존재하고, 또한 '비교문학 논술'도 존재한다. 그러나 둘 다 문학·역사 또는 철학 논술이나 프랑스 문학 분석과는 다르다. 같은 맥락에서, 꼭 알아야 할 일종의 '권장 도서' 목록과 '참고 문헌'이 수록될 것이다. 또한 최소한의 연대기 없이 역사를 논할 수 없고, 철학사를 공부하지 않고 철학을 할 수 없으므로, '일반 문학의 문제를 다루기 위해 프랑스 또는 외국 작가들에 대한 연습 문제 유형과 문제 풀이'가 첨부될 것이다.

1

비교에서 비교문학까지

1. 자연 비교: 1단계 비교학

언뜻 보기에 비교는 문학 연구가 아니라 문학과 동질인 것처럼 보인다. 이는 인간이 타인과 대화하고 싶은 이상, 특히 메시지가 미학적이거나 철학적일 때, 아마도 피할 수 없는 인간 정신의 본질이리라.

수사학적 필요

원칙적으로 문학은 '수사화(修辭化)된' 언어의 상용(常用)이다. 즉 일상적이고 공통의 언어, 간단히 언어의 규범이라고 가정된 어떤 규범과의 차이에 조직적으로 기반을 둔 언어이다. 게다가 가장 흔하고 가장 분명한 수사법 중에, 토도로프와 뒤크로[4]는 대조·점층·은유·반복 그리고 비교를 예로 든다. 이 부분에 대해 그들은 다음과 같이 명시한다:

"비교: '처럼'이나 그와 비슷한 뜻을 가진 단어를 매개로 한두 가지 의미의 병치: '악당들의 행복이 급류처럼 흐른다.'"(p.353)

바꿔 말하면, 이 경우 라신이 연구한(《아탈리》, II, 7) 그것과 같은, 문학 효과는 전적으로 비교에 근거를 둔다; 이것은 추상적인 생각

('악당들의 행복')과 구체적인 개념('급류')이 비교된다. 그러나 한 발 더 나아가 이렇게 형성된 전체는 너무나 당연해서 은유('흐른 다'라는 동사가 암시하는 것), 즉 시(詩)로 통한다고 말할 수 있다.

이 라신의 예에서 우리는, 한 텍스트에서 문학성을 찾는 것은 그 텍스트가 매우 자연스레 비교를 근거로 삼음을 증명하게 된다는 사실만을 기억하자. 여기에 첫번째 현실로서 문체의 근원적인 현실이 있다. 이것은 항구적인 현상이기도 하다.

물론 비교 연구가 비교문학의 선험적인 관심은 아니다: 우선 이 것은 수사법이나 문체에 관한 문제이다.

수사학적 비교에서 비교 사상으로: 비교학을 향해

그러나 비교가 다소 장기적인 시점에서 다른 것과 통하는 경우는 없을까?라는 질문이 문득 제기된다. 다시 말해, 만약 비교나 은유가 단순히 문체에 국한되지 않고 말 그대로 사상의 표현이라면 어떤 일이 벌어질까? 한 가지 예가 더욱 우리 생각을 확고하게 한다.

비교가 플레야드의 시인들, 페트라르카에게 있어 무엇보다 순수한 문체 연습이라면, 프루스트에게는 **주된 구성 요소**이고 가장 야심적인 다른 어떤 것의 표현이다.

《스왕네 집 쪽으로》라는 소설의 도입부에서, 젊은 마르셀은 산사나무 꽃을 황홀하게 바라본다. 그 위치와, 개양귀비꽃이나 수레국화와 구별되는 꽃 색깔이 순간적으로 이 산책하는 사람을 사색에 빠지게 한다: "그리고 평지에서…… 바다를 발견한 여행자처럼, 이 광경이…… 내 가슴을 설레게 했다."(p.139)[5] 석 줄 아래 "얼마 후에 다시 보았을 때, 더 잘 이해할 수 있을 것이라 생각되는 걸작 앞에 섰을 때처럼, 나는 산사나무 꽃 앞에 다시 왔다"라고 그는 반복한다.

이 걸작은 무엇인가? 주인공과 독자를 위한 한정사, 의미의 극단으로서 존재하는 것은 아닌가? 일단 그것은 바로 산사나무 꽃이 만개한 탕송빌 길 끝에 사는 질베르트 스왕에 관한 것이리라: "울타리에 삽입되었지만 그것과는 다르고, 분홍색의 시원한 옷을 입고 미소짓는 성장(盛裝)한 처녀처럼…… 가톨릭적이고 감미로운 관목이 빛났다"(I, p.140)라는 단락은 단순한 은유 이상의 어떤 것을 감지하게 한다. 실제로 프루스트는 관심을 호소하고 있다: 그는 다음 단락에 있을, 마르셀을 뚫어지게 쳐다보는 질베르트의 등장을 준비한다. 더 좋은 예가 있다: 좀더 뒤에 《꽃핀 소녀들의 그늘에서》에서는, 알베르틴과 발베크 해변의 어린 스포츠맨들이 "펜실베이니아의 장미숲과 유사한, 많은 가벼운 울타리를 가로막았던"(I, p.798) 꽃, 꽃처녀들이 되었다. 이 하얗고 순백한 꽃의 모티프는 프루스트에게, 점차적으로 《잃어버린 시간을 찾아서》의 진전에 따라 탁월한 상징적인 의미, 그리고 변하는 의미를 가지게 된다. 일종의 도주하는 듯한 은유는 아니다. 오히려 반대로 이 속임수를 통해 프루스트는 그의 작품의 더 은밀한 이해의 길을 열어 주었다. 소설이 암호 문서처럼 쓰여졌다는 것을 인정해야만 한다.

그런데 어떤 암호 문서인가? 바로 이 점에 대해 꽃과 식물 상징주의의 변화하는 의미를 분명히 밝혀야만 한다. 왜냐하면 그 의미는 상호 문화주의로 통하기 때문이다.

얼마 후 《잃어버린 시간을 찾아서》에서 꽃 속의 젊은 처녀들의 작은 무리가 동성애로 이어진다는 것을 발견하게 된다: 화자는 그가 사랑하는 알베르틴이 앙드레라는 다른 젊은 꽃과 사랑을 나눈다고 의심한다.

이 단계에서 사랑, 젊은 신체, 그것의 아름다움은 다 각각이며, 모든 것이 프루스트의 펜 아래 일종의 꽃묶음과도 같다. 그래서 "하얀 뺨이 검은 머리카락과 그렇게 엄숙한 대조를 이루던" 아름다운 앙드레는, "태양이 빛나는 바닷가의 제라늄과 밤에 동백꽃을 차례로 보았을 때 갖게 되는 동일한 기쁨을"(I, p.945) [내게 불어넣는다.] 그래서 알베르틴의 몸은, 이 덧없고 기만적인 몸은 특히 그의 수면 속에서 약간 독성이 있는 생소한 식물의 모든 특성을 함축한다: "조작해 낼 수 없는 자연스러운 태도로, 내 침대 위에 길게 누운 그녀에게서 나는 그곳에 준비해 두었을 것 같은 긴 꽃줄기의 모양을 발견했다. 이렇듯 그녀의 곁에서, 그녀가 잠이 들어 마치 하나의 식물이 된 것 같은 그 순간에, 사실상 그녀가 없을 때에만 가질 수 있었던 몽상의 힘을 발견하였다."(III, p.69) 이 이국적인 꽃이 비교를 야기한다는 점을 강조해야 할까? 예를 들어 그녀는 고광나무를 매우 싫어한다. 큰 고광나무 꽃다발을 가져오던 화자가 앙드레에게 안긴 알베르틴을 보지 못한 바로 그 순간 적어도 우리는 그 사실을 안다.(III, p.55) 또는 "알베르틴의 잠 속으로 빠져들기 위해"(III, p.72) 누운 마르셀의 곁에, 벌거벗은 아름다운 이 몸은 풍요로운 식물이 되고 열매를 맺는다.(III, p.79) 그녀를 깨우며, 화자는 "과일을 깨물었을 때 갈증을 풀어 주는 과즙이 터지는 것처럼"(III, p.387) 게걸스러운 미소를 터뜨린다.

이런 아름다움이 그렇게나 많은 거짓을 내포하고 있다니 얼마나 잔인한 속임수인가! 게다가 우리의 꽃이 위험스럽게 빛날 때 화자는 그의 욕구불만에 대해 고심한다: 구속자 마르셀이 실제로는 여자-꽃에 의해 수감자(收監者)가 되어 버리는 무서운 변증법이다. 중요한 순간이다. 왜냐하면 비교가 갑자기 자연스럽게 비교학으로 우리를 이끌기 때문에. 알베르틴이 수면으로 펴진 상상의 날개로 나는 순간, 화자는 읽고 음악을 듣는다: "알베르틴 세상의 것과는 매우 다른 음악은 나 자신에게로 내려와 새로운 것을 발견하도록 도와 주었다"(III, p.159)라고 프루스트는 적고 있다. 어떤 음악을 말하는 것일까? 바그너의 음악이다. 그러나 "바이로이트의 스승을 찬미함에 있어, 파르지팔을 부인함으로써 니체처럼…… 트리스탄을 떼어 버리는 이들의 어떤 양심도 나는 갖고 있지 않다"라고 그는 밝힌다. 화자가 트리스탄식의 사랑을 꿈꾼다는 것은 이상한 고백이다. 포기만이 그를 기다린다. 새로운 파르지팔 화자는 알베르틴에게서 꽃처녀들 블뤼맹마드셍의 작은 무리에 군림하는 쿤트리를 발견한다. 바그너의 오페라 2막에는 위에서 언급한 꽃의 암호 문서가 첨부되어 있다.

프루스트 작품의 줄거리는, 교차되지만 본질적으로 하나하나가 분명한 여러 가닥의 실로 짜여진다. 이것이 텍스트와 그 언어, 작가와 그 문화, 그리고 다른 의미층들 사이의 대화이다. 바로 이것이 비교학이다!

"비교문학은 행동 양식이며 가설의 검증인 동시에, 분명 다른 학문들과 비교문학을 구분짓는 근본적인 질문(으로) 텍스트를 연구하는 방법이다. 한 문화에 젖어 있는 인간 의식이, 다른 문화의 수취인이며 표현인 한 작품과 대립하게 되면 무슨 일이 벌어질까?" Y. 슈브렐[6]이 말하고자 하는 바는 실제로 프루스트의 화자들이 보았고, 아마도 작가 자신이 시도하였을, 우리가 간단하게 밝히고자 했던 것의 요약이다.

자기 나름대로 징후들을 좇는 분석학자를 어떻게 평가할 것인가? 몇 개의 화석을 근거로 조각들을 비교하면서 선사 시대의 동물들을 재조립하는 퀴비에의 정신으로 분석학자가 작업한다고 인정할 수 있을까? 물론 그럴 것이다. 그러나 이런 독자는 무상(無償)의 비교의 즐거움에 쉽게 몰입하지 않는다는 점을 강조해야 할 것이다. 반대로 이런 조건에서 비교 훈련은 자료 발견법적인 태도가 요구된다: 이는 지적이고 비판적인 독서를 요구하며, 이런 독서는 단순히 '문헌학적인' 사실의 텍스트에 국한되지 않고, 반대로 다문화 범위에 근거한다. 바꿔 말하면, 자의든 타의든 작가에 의해 유포된 수렴의 개방적이고 건설적인 연구이기 때문에 우리는 기꺼이 1단계 비교학이라고 명명할 것이다.

2. 예시 비교: 2단계 비교학

문화 전통과 논리 요구

문학 언어가 상당 부분 비교의 문체적인 필요에 기반을 둘 때, 또는 적어도 서술에서 단서가 되거나 다양한 상기(想起)와 반복 체계로 구성된, 이 꽤 흔한 작품 경향이 점차적으로 명백해질 때, 어떻게 우리가 좀더 합리적인 어떤 것에 도달했다고 보지 않을 수 있겠는가? 우리는 적어도 서양의 전통에서, 심도 높은 정신적 요구와 이 정신 속에 직접적으로 뿌리박힌 문학 장르 대조를 동시에 언급하고 싶다.

아리스토텔레스는 그가 명한 수사학에서 비교의 예술에 대해 분명하게 강조한다. 이 용어는 잘 말하는 예술, 아름다운 언어의 원천이 아니라 아주 단순하게 파스칼이 말했을 설득하는 예술이다. 그는 "수사학은 대화법과 관계가 있다"[7]라고 ──간략히 대화·추론이라 이해하자── 말했을 뿐만 아니라, "수사학은 확정된 하나의 장르가 아니다. 그것은 대화법처럼 작용하고, 그 현상은 모든 질문에 비하여 사물의 가능한 상태를 보는 것인 만큼 설득하는 것은 아니다"[8]라고 하였다. '비하다'의 중요성이 눈에 띈다: 이는 즉각적으로 텍스트를 암시하며, 관습적인 예를 의미하고, 결국 비교 없이는 이성(理性)이 없다는 것을 지적한다.

대 조

역사가 헤로도토스는 조사원의 임무를 충실히 수행하기 위해 (historia는 우선 '연구·정보·관계'를 의미한다) 이집트 사람들과 페니키아 사람들을 대조(《역사》, II, 81)했고, 이어 이집트의 풍습과 스파르타의 풍습을 비교(《역사》, II, 79-80)했다. 마찬가지로 가장 아름다운 영혼, 최상의 정신을 찾으려는 의도에서 플루타르코스는 알렉산더 대왕과 카이사르, 한니발과 스키피오 등등 '대조적 삶'이라 명명된 것에서 시작한다. 여기서 우리는——오랫동안 명성을 떨쳤던——수사학의 장르로 들어간다. 다시 말해 기교 연습으로 들어간다. 라 아르프의 《루케이온》은 이런 방식으로 코르네유와 라신을 비교하여 볼테르를 설명한다. M. 노엘과 드 라 플라스의 (1816년 출판된 이래 52번 재판된) 《비교문학 강의》는 '특징 또는 초상 그리고 대조'라는 특별한 장을 마련한다. 마르몽텔에게 빌린 원칙들에 선행된 이 장은 아리스토텔레스와 같은 단어, 같은 생각이 두 번 나타난다: "성격, 흥미로운 사실과의 관계, 역할이 다른 이에게, 그들을 알고 싶고 실제로 보고 싶게 만드는 인물들만을 묘사하는 것이 규칙이다……. 플루타르코스가 그들을 모았다. 그러나 비교의 순간에 모든 관계들을 결집시켜야 한다."[9] 이 신고전주의가 도덕적이고 지적인 기본 관심을 빠뜨려서는 안 된다. 《콩데 왕자의 추도사》에서, 튀렌의 신중함과 대조적으로 알렉산더 대왕의 용맹과 비견되는 왕자의 용맹을 평가할 때, 보쉬에가 지적·도덕적 기본 관심을 표현한다. 프랑스 무대에 낭만주의 출현에 대한 논쟁이 일 때, 스탕달은 그의 소책자에 《라신과 셰익스피어》라는 충격적인 제목을 달았다. 이는 등위접속사를 넘어 종합과 변증법적인 초월이 필요한 방법이다.

이 단계에서 두 가지를 지적해야 한다. 그러나 그것들은 너무나 명백하므로 그저 나열하는 것으로 족하다. 첫번째로, 광의적인 대조만이 좋은 비교이다: 헤로도토스·플루타르코스·스탕달은 경쟁적인 문화, 대립적인 전통, 개인이나 국가적인 분명한 재능 등 특이한 요소들을 연결한다. 비교에서 비교학을 창출하는 데 필요한 조건이 바로 이것이다. 두번째로, 왜 둘이나 셋인가? 왜 저것들만 되는가? 왜 폼페이와 한니발, 또는 아테네인들과 페르시아인들을 대조하고 비교하는 것은 안 되는가?라고 자문할 수 있다. 십중팔구 그것에 우상파괴주의적인, 반자연적인 어떤 것이 있으리라. 그리고 실제로 그것은 헤로도토스가 다룬 페르시아 전쟁이라는 주제가 그것을 가능케 했을 때도 이런 대조를 포기하게 만들었다. 우리가 강조해야 할 의미의 필요성이 대두된다. 비교학자들의 비교가 단일 국가적이어야 한다는 사실 이상으로 **불모의 비교학**과 풍요로운 **비교학**의 구별이 관건이다.

3. 3단계: 구조비교학

무관심에서 영향으로

무관심비교학과 파괴비교학

포에게 중요하고 유명한 '악마적 유추(類推)'에 근거한 비교학의 광신자들을 야유하는 것은 쉽다. 《지혜의 슬픔》에서 《인간혐오자》를 모방한 러시아의 몰리에르인 그리보예도프를 선호하지 않는 한, 부알로는 프랑스의 호라티우스가, 홀베르는 덴마크의 몰리에르가 될 것이다.

모든 비교문학의 교수들은 M. -F. 기야르[10]가 쓴 "비교문학은 문학 비교가 아니다"라는 비딱한 생각을 끊임없이 경계한다. 그러나 가장 행복한 표현법은 아마도 P. 브뤼넬[11]에 의해 때마침 재정의되고 재사용된 종교비교사의 대가인 살로몽 레나크의 것이리라.

S. 레나크는 우선 플루타르코스 아니면, 적어도 신고전 대학의 수사학자들이 굴복한 것과 매우 혼동되는 '무관심비교학'을 구분한다. 그러나 부류에 따라 관찰해야 한다. 예를 들어 헨리 밀러는 셀린과의 개인적인 비교를 통해 (거짓된) 무관심 방식을 정의할 수 있었다: "《북회귀선》조차도 셀린의 영향을 받았다. 분명 《밤의 끝으로의 여행》이 《북회귀선》의 원조는 아니다. 그러나 어떤 부분에서 셀린은 내게 확실히 영향을 주었다…… 나는 구어체의 사용에 특히 영감을 받았다."[12] 이런 생각에서 번역본이 아니라 영어로 쓰인 《북회귀선》과 《밤의 끝으로의 여행》의 구어체 프랑스어를 주의 깊게 연구함으로써, 수사학적인 비교에서 출발하여 문학적인 비교를 벗어날 수 있을 것이다.

두번째로, 레나크는 더욱 기묘하게 '파괴비교학'에 대해 말한다. 물론 우리는 표면적으로 균형을 이룬 대조 속에 숨겨진 논리적 귀결을 생각하게 된다. 스탕달은 그것에 대해 의심하지 않지만, 라신보다는 셰익스피어를 선호한다. 또한 《이것이냐 저것이냐》에서 키에르케고르는 몰리에르나 티르소 데 몰리나보다 모차르트의 《돈 조반니》를 수십 미터 높게 자리매김하기 위해서만 돈 후안 신화의 역사적인 계보에 대해 언급한다.

그러나 정말로 스페인 '코메디아,' 프랑스 풍습에 대한 희극, 그리고 지오코조 드라마(우스운 연극)를 대조할 수 있을까? 각 나라마다 규칙과 전통이 있다. 문학상을 수여하려 할 때는 다른 것들보다 이 점을 중시한다. 그래서 이 파괴비교학은 각 나라의 문화의 고유한 규칙들을 모르고는 아무것도 비교할 수 없고, 어떤 것도 구축할 수 없다는 것을 우리에게 상기시키는 가치를 지닌다. 우선 티르소와 몰리에르를 합당하게 대조시키려면 적절한 스페인 연구와 프랑스 연구가 이루어져야 한다.

더 나은 것은 "단지 한 문학의 다른 문학(들)과의 비교에서 뿐만 아니라, 인간 표현의 다른 영역과 문학과의 비교에서"[13] 절대적으로 고려해야 할 특별한 제약이나 목표, 고유한 논리가 각각의 표현 양식에 상응한다는 것이다. 이렇듯 바그너는 로마니와 벨리니가 《카풀레티 가와 몬테키》[14]를 저술하기 위해, 《로미오와 줄리엣》의 셰익스피어 정신을 말살시켰다고 판단할 때 파괴비교학을 따랐다. 그러나 진정한 비교학자에게서 이런 단서를 찾는다는 것은 아무 의미가 없다. 문제는 경쟁이나 영향의 단계에 있는 것이 아니다. 감히 말하자면, 가능한 단 한 가지 비교는 불쾌감을 준다. 연극의 규칙과 오페라의 규칙은 다르다는 것을 알아야 한다. 특히 오페라의 미학이 벨리니와 바그너를 분열시킨다는 것을 이해해야 한다. 소위 한 작품이 다른 어떤 작품에 대한 충실성이나, 그에 대한 영향력은 전혀 문제가 되지 않는다.

틀림없이 이 비교학은 파괴적이다! 그것은 매우 넓게 확대될 수 있지만 아무에게나 그런 것은 아니다. 《로시니의 생애》 도입부에 스탕달이 이 작가를 역사와 전통 속에 자리매김할 때, 실제로 그는 로시니를 치마로사, 특히 모차르트와 비교한다. 그는 치마로사보다는 모차르트를 선호한다: "도취될수록, 로시니와 치마로사의 음악을 섭렵할수록, 더욱 모차르트의 음악으로 교양을 쌓게 된다. 로시니의 빠른 박자와 짧은 음들에 싫증날수록, 《여자는 다 그런 것》 작가의 느린 박자와 장음들로 기꺼이 돌아오게 된다."[15] 무상(無償)의 비교와 수사법인가? 아니다. 이 단락에서 스탕달의 은밀한 취향을 한 번 더 파악할 기회가 된다는 사실을 넘어, 우리 비평가에게 있어 이것은 1823년 당대의 음악 성향을 주재하려는 풍자적인 의도를 도입하는 것이다. Laudator temporis acti(지나간 시대의 예찬자)……

물론 그럴 것이다. 그런데 비교학자에게는 어떤 이득이 있는가? 분명한 대조와 명백한 비교에 의해, 사상과 텍스트 역사의 진정한 가치를 더욱 잘 측량하기 위함이다. 모든 것이 대조에 좋은 것은 아니다: 《오디세이아》와 지오노가 원했던 사본인 《오디세이아의 탄생》을 유효 적절하게 비교할 수 있으리라는 것조차 확실하지 않다. 그래서 어딘가 모자란 지능을 가진 생각·장르·시학 및 예술적인 인격 수준에서 불만족스런 단계에 있는 누군가에게 이런 느낌을 주게 될 때, 비교학은 정말 파괴적일 수 있다. "사물은 우리가 보는 것처럼 이곳에 있는 동시에, 모두 비슷하다. 그리고 같은 방식으로 사물은 여러 다른 세상에 존재한다고 에피쿠로스는 말했다. 인간 정신은 위대한 기적의 생산자이다." S. 레나크는 지성의 풍부함과 어떤 '생산비교학'의 가능성을 찬미하기 위해 몽테뉴의 이 인용문[16]을 준거로 삼는다.

생산비교학: 종속 또는 영향의 관계

이 비교학은 우선 적어도 두 텍스트 사이의, 의식적이든 아니든 종속의 관계, 어떤 사실 관계의 존재에 근거한다.

예를 들어 번역과 각색이 있다. 롱사르의 유명한 소네트 《엘렌의 사랑》("당신이 아주 늙었을 때")은, 예이츠의 《장미》에 "당신이 늙고 백발이 되고 잠에 취할 때"[17]로 재사용된다. 또한 보들레르가 번역한 포 작품, 릴케가 번역한 발레리 작품, 스테판 조지가 번역한 보들레르 작품 등을 우리는 안다. 이 경우 우리는 원작 X의 연속인 Y 작품이 고유의 가치를 지닌다는 사실에 주의를 기울여야 한다. 모태가 된 텍스트에 비해 완전히 새롭고 다른 독립된 하나의 문학 텍스트가 생성되는 것이다. 뒤 벨레는 대개 스페로네 스페로니(《언어들에 대하여》)를 각색하고 번역하는 것으로 만족하긴 했지만, 뒤 벨레의 《프랑스어의 옹호와 선양》은 재창작품이다. 그러나 엘레미 부르주의 《신(神)들의 황혼》은 다르다. 바이로이트의 대가에 대한 넘쳐나는 찬사에도 불구하고, 소설가는 음악가에게서 《니벨룽겐의 반지》의 마지막 부분의 제목만을 차용했다. 이런 식으로 그 경계는 모호하고, 열매로 나무를 판단하는 것 이외의 다른 규칙은 거의 없다.

이런 까닭에 한두 세대 전의 많은 프랑스 비교학자들은 이원(二元) 관계를 주장한 것이 사실이다. 그것들은 '종속'[18]이나 '영향'[19] 의 관계로만 해석된다. "폴 아자르와 페르낭 발당스페르제 후에 한 인간에서 텍스트로, 한 작품에서 수용자로, 한 나라에서 여행자에게로의 관계가 더 이상 존재하지 않는 곳에서는 비교문학의 영역이 멈춘다고 내 스승인 J. M. 카레는 판단하였다"[20]라고 M. -F. 기야르는 독특한 방법으로 저술하고, 통상적으로 분류할 수 없는 우상파괴주의자인 R. 에티앙블은 "살아 있는 작품들간의 구체적인 관계들"[21]이라는 면에서 기야르와 뜻을 같이한다. 이 점에서 지드는 선구자이며 중요한 보증인이다. "그리스 문학에 의한 아우구스티누스 시대, 고대 문명의 침범에 의한 프랑스·이탈리아·영국의 르네상스처럼 매우 깊은 영향을 받았던 풍요로운 시기들, 예술 창작의 위대한 시기들"[22]을 거론하며 사람들이 '문학에 미치는 영향'을 파악한다는 사실을 지드는 훌륭하게 설명하였다. 그러나 다른 한편으로, 그의 개인적인 경험을 바탕으로, 특히 도스토예프스키의 소설이나 서간문에서 그가 찾았던 것은 "의식적이든 무의식적이든 그것은 자신의 생각에 가장 가까운 것이다."[23] 그 결과 《소유된 자들》에서 키릴로프의 자살은, 그에게 《교황청의 지하도》의 라프카디오의 자살과 유사한, 외부적인 어떤 원인도 없는 '전적으로 무상의 행위' 처럼 보인다.[24]

종속·영향 그리고 원작

언급한 종속 관계가 미묘한 형태를 취할 수 있다는 이야기는 그만하면 충분하다. 생산비교학의 모든 관심은 보지 못했거나 증명하기 어려웠던 대조 속에 분명히 존재한다. 이런 까닭에 원작에 대한 연구는 아니다. 원작을 연구하거나 찾아내는 것은, 다소 빈약한 영향력이나 기계적인 전개의 가설을 포함한다. 오늘날의 비교학자들은 더 유연할 뿐만 아니라 더 예술적인 어떤 것을 상상하고 싶어 한다. Y. 슈브렐은 다음의 쥘리앙 그라크의 매우 아름다운 표현으로 결론을 내린다: "비교학자들은 때때로 원활한 교통보다는, 풍경을 위해서이긴 하지만 여러 세기에 걸쳐 잊혀진 강들 사이에 다리를 놓아 경계를 부수는 사람들이다."[25] (《참조 문자》, 코르티, 1967, p.154)

그러면 비교학자들이 관심을 갖는 **영향**은 종속을 전제로 하는가? 《르네》(1805)의 서문에서, 샤토브리앙이 그 자신에 대해 명명하는 것이 바로 그것이다: "작가는 세기(世紀)의 젊은이들의 특별한 비뚤어진 생각, 곧장 자살로 이끄는 이 생각을 제어하기 위해 싸운다. 그렇게나 비참하고 괘씸한 몽상을 우리들에게 유입시킨 첫번째 사람은 바로 J. -J. 루소이다……. 소설 《젊은 베르테르의 슬픔》은 이

독(毒)의 배아에서 싹튼 것이다. 변명이라는 영역에 상상을 위한 몇 개의 그림을 삽입시켜야 했던 《그리스도교의 본질》의 작가는, 이 새로운 종류의 악을 고발하고, 고독을 넘어선 사랑의 암울한 결과를 묘사하길 바랐다." 덧붙여 《르네》에서 우리는 (야심면에서 더 젊고 더 일반적이며 더 예측할 수 없는) 영향과 정확한 원작(즉 어떤 문장들과 어떤 부분들, 어떤 점들이 고증학적으로 밝혀질 때 《폐허》, 베르나르댕 드 생 피에르, 더 나아가 《젊은 베르테르의 슬픔》과의 유사성)과의 차이를 더 잘 이해한다. 그래서 베르테르처럼 르네가 개울가에 피어 있는 꽃을 꺾었을 때나 오시안에 관해, '칼레도니아 산 위의 마지막 음유시인'은 2권을 매듭짓는 자살 바로 앞에서 베르테르가 샤를로테에게 이미 읽어 주었던 콜나의 애잔한 시구들을 르네에게 들려 준다.

영향에서 상호 텍스트성으로: 더 은밀한 삼각 관계를 지향하며

방금 제시한 예는 매우 고전적인 동시에 아주 드물다. 대부분의 경우 비교학자는 미묘한 것들도 측량해야 하고, 더 나아가 비교되지 않은 것까지 대조시켜야 한다.

이런 조건에서는 《시학》에서 예전에 주어졌던 의미, 즉 "영향의 신비하고 어수선한 첨가가 아니라, 주된 의미를 포함한 중심 텍스트에 의해 실행된 여러 텍스트들의 변화와 동화의 작업"[26]에 따라 상호 텍스트성에 대해 언급하는 것이 더 낫다.

물론 거의 셀 수 없는 작은 입방체들의 모자이크를 상상할 수 있다. 그러나 비교학자는 삼각 관계의 중요성을 주지해야 한다. 여기서 말하고자 하는 바는, 선험적으로 비교할 수 없거나 표면적으로는 매우 동떨어진 2개의 텍스트가, 그것들을 집중시키는 세번째 텍스트를 매개로 비교된다는 것이다.

플라톤 작품 속의 제임스 조이스와 토마스 만

예를 들어 조이스와 토마스 만 사이에 어떤 관계가 있을 수 있을까? 표면상으로는 전혀 없다: 그들은 너무나 개성이 강하고, 도도하고 독립적이다! 그러나 악단장 지휘하의 오케스트라의 악기들처럼 우리에게 그들은 어김없이 대조될 수 있고, 어떤 의미를 가질 수 있다.

이 문제의 대가(大家)는 《젊은 예술가의 초상》에서 조이스가, 《베네치아에서의 죽음》에서 토마스 만이 지지한 플라톤일 것이다. 스티븐 디달러스는 특히 그 자신의 사명과 아름다움이 무엇인지에 대해 말한다. 그는 가톨릭 교회의 수도원장과 그의 친구 린치와 토론한다. ("디달러스 씨 당신은 예술가이시지 않습니까? 예술가의 목표는 아름다움의 창조죠; 아름다움이 무엇인지를 아는 것은 다른 문제죠!"[27]) 어느 순간 스티븐은 일종의 계시를 얻게 된다. ("욕망의 숨결이 그의 영혼을 유혹하고, 불을 당기며 그의 몸 전체를 가득 채운다."[28]) 토마스 만의 중편 소설에서, 도덕적 교두로서의 권위에 평생을 바치고 고귀한 아름다움의 모델을 창안하였으나, 늙어가는 작가 아쉔바흐는 예술의 도시 베네치아에서 눈부신 청년을 만난다. 타치오가 그에게 일으키는 강렬한 열정은 그를 열광케 하여, 교양과 사랑의 지배하에 횡설수설하고, 자신을 다른 사람으로, 다른 곳에 있다고 생각한다: "잘 알아두어라 파이드로스, 아름다움만이 신적인 동시에 가시적(可視的)이고, 그래서 바로 아름다움을 통해서 감성에 이르고, 바로 아름다움을 통해서 예술가는 정신의 세계에 들어서게 된다."[29)]

　이렇게 조이스와 토마스 만은 우리에게 아름다움에 대해 말한다. 거의 같은 시기에 그들의 주인공들은 이 주제에 대해 매번 곧잘 그들의 대화자에게, 또한 공동의 스승인 플라톤에게까지 도발적인 정의를 내린다. 알다시피 그리스 철학자는 순수와 지성을 찬양하는 '아름다움에 관하여'라는 부제를 단 논설 《파이드로스》의 작가이다. 위에 언급된 작가들이 일부러 그랬는지가 문제가 아니라 비교를 강조하고, 이 비교에 의미의 힘을 주는 외시(外示)들이 두드러진다. 예를 들어 조이스와 만의 작품 속에서, 강박적인 사색의 순간들은 (자기 자신과 함께, 또는 분신과 함께 한) 말이나 담화의 속임수를 거친다. 게다가 플라톤은 늘 그렇듯 《파이드로스》를 대화체로 만들었다. 아쉔바흐는 순수에 도달하기 위해 감각의 경험들을 과찬하고, 스티븐은 세속적이고 거만한 예술가의 사명을 찬양하기 위해 종교적인 사명의 기준들을 뒤집는다. 그 결과 거부된 플라톤주의가 형성된다.

　다른 세부 사항들이 이 우상파괴주의적 반전을 암시한다: 소크라테스는 플라타너스 나무로 둘러싸여 있고, 태양이 작열하는 작은 강 일리소스 가에서 알키비아데스와 담소한다. 그러나 조이스의 작품 속에서, 우리는 아일랜드의 차갑고 검은 바다와 마주 보는 더블린에 있게 된다. 또 만의 작품에서 우리는 콜레라가 퍼진 텅 빈 도시의 한 광장에 있게 된다. 그리고 특히 이야기와 언어의 방법이 있다: 소크라테스의 생각은 간단하고 명료하며 명쾌한 데 반해, 과장된 아쉔바흐의 이야기는 몇몇 게르만계 고고학 선생의 신그리스적 복원인 것처럼 보인다. 모방은 잔인하게 원작을 상기시킨다. 조이스 작품 속에서 스티븐과 그의 대화자들이 반복하는 성 토마스 아퀴나스의 인용은, 중세 철학자가 아리스토텔레스와 플라톤의 이상주의,

이교도 사상의 그리스도교적 접목으로 후세에 전해졌다고 생각하게 만든다. 일종의 패러디를 발견한다. 그렇다, 조이스에게서처럼 만에게서도 플라톤은 유령의 형태로, 조롱하듯 불러내는 사람들의 움직임에 의해 뒤섞인 소크라테스의 유령처럼 보인다. 이것이 세 작가의 공통분모이다. 또한 이것이 생산비교학이며, 텍스트 비교의 기초를 이루는 특징이다.

발레리를 통해 스스로 본 릴케

또한 이 과정은 여러 언어를 사용하는 동일한 작품 속에서도 이루어질 수 있다.

발레리와의 관계에서 본 릴케의 경우이다. 표면적으로는 역사적인 낙관주의에 대한 순수한 질문이다. 릴케는 제1차 세계대전이 끝난 후, 약간 늦게 발레리를 만났다. 〈해변의 묘지(墓地)〉·〈나르시스 단장〉·〈외팔리노 또는 영혼과 춤〉을 번역하였다. 이것보다 더 메마르고 더 확실한 것이 무엇이겠는가? 원본과의 대역 연구는 오히려 실망스럽다. 1924년 1월부터 릴케가 프랑스 시를 짓고 프랑스어 시인이 된 것을 볼 때, 영향이라는 문제가 겨우 그 의미로 제기될 수 있다. 독일어 작품의 깊이와 무한성에 비해 《과수원 또는 프랑스의 민감한 의무》(1924/1925)는 실제로 얼마만큼의 가치가 있는가? 반대로 "나는 기다렸다. 모든 내 작품이 기다렸다. 어느 날 나는 발레리를 읽었다. 내 기다림이 끝났다는 것을 알았다"[30]라는 릴케의 유명한 선언을 강조할 때, 세번째 시기가 눈에 들어온다. 왜냐하면 이 선언은 훨씬 심오하고, 말 그대로 비교학적이고 지적인 관계를 폭로하기 때문이다. 이 선언은 1920년경 릴케가 《두이노의 비가》를 끝내지 못하고, 《오르페우스에게 바치는 소네트》를 완성시키지 못할 뻔하였으며, 1910년에 《말테 라우리츠 브리게의 수기》란 작품의 한계를 짓지 못했던 마지막 중요한 의심 중의 하나를 암시한다. 이때 삼각 구도의 초안이 떠오른다: 릴케는 발레리를 매개로써만 최후의 수단에 접근한다. 자신의 심화와 초월은 단지 타인을 향한 도피와 객관화에 의해서만 생성된다. 물론 이를 통해 작품은 흔적을 간직하게 된다. 그래서 한편으로 일곱번째 비가는 《매혹》에서 발견되는 플라타너스 나무처럼, 어김없이 행과 오른쪽 줄의 모티프를 유도할 수 있다:

Säulen, Pylone, der Sphinx, das strebende Stemmen······ des Doms
　　사울렌, 필로네, 스핑크스, 성당의 버팀 상승[31]

다른 한편으로 시의 일반적인 영감, 자연 전체가 고하는 알림에 대한 외부 삶에 대한 찬가는 〈해변의 묘지〉의 선례로만 존재할 수 있는 것처럼 보인다. 이렇듯 유명한 다음의 운문은 죽은 이들을 불러낸다:

　　그들은 두터운 부재에 녹아든다.
　　붉은 찰흙은 흰 종을 마셔 버렸다.
　　삶에 대한 능력은 꽃 속에 사라졌다.

위의 시구는 가장 조화롭고, 가장 전형적인 릴케의 억양이 배어 있는 것 같다.

Siehe, da rief ich die Liebende. Aber nicht sie nur

käme······ Es kämen aus schwächlichen Gräbern
Mädchen und ständen······ Denn wie beschränk ich
wie den gerufenen Ruf? Die Versunkenen suchen
immer noch Erde

그러면 연인을 부를까? 그러나 올 사람이 그녀만은 아니리
라······

무기력한 무덤에서 여인들도 올 것이고 그곳에 우뚝 서리
라······ 어떻게 제한한단 말인가?

그렇다, 어떻게 부를 것인가? 탕아들은 항상 대지를 찾아 헤
맨다.

내기를 걸 수도 있을 것이다: 유도 메이슨[32]이 했던 것처럼 릴케
의 작품 속에 주요한 모티프, 예를 들어 전기(傳記)적이고 시적인
모든 만남 전에 위대한 전집에 고의로 넣은 다섯번째 비가(悲歌)에
등장하는 〈영혼과 춤〉의 본질을 발견하는 협잡꾼들의 모티프를 지
지하는 것이다. 이런 경우 삼각 관계의 한계에 맞닥뜨리게 된다. 그
러나 더 발전시키기 전에, 지적 곡예에 빠지기 전에, 이 학문에서 너
무 독립적이고 너무 기괴한 것처럼 보이는 것을 비교한 공적을 인
정하자.

어떻게 비교할 것인가?

우리가 상기한 삼각 구도는 선험적으로 매우 다른 작가와, 독특한 불완전 집단과의 관계에서 더욱 유효한 것으로 밝혀졌다. 이런 경우 공통분모를 찾고, 기준축 위에 텍스트를 재배치시키고, 초점의 존재를 확인해야 한다.

1. 공통분모

이 주제에 대해 우리는 학설의 취약점을 주목하려 한다. 이 유명한 '분모'는 다양한 방법으로 명명되었다. 예를 들어 오랫동안 프랑스인들은 역사적이고 사실적인 관계 유형에 의해 유사한 작품들과 작가들을, 유일하게 대조할 수 있는 '영향'이나 '주제'에 대해서만 언급하길 바랐다: 기엔 데 카스트로는 《르 시드》에 영향을 미쳤다. 지로두(《엘렉트르》)·아누이(《앙티곤》)·사르트르(《파리떼》)는, 그 이후에 앵글로색슨들이 그랬던 것처럼 그리스 비극을 각색했다.

정말 너무 낙천적인 비교학 같은 이런 요구는, 특히 미국인들에게 맹렬히 비판되었다. 1960/1970년대에 미국인들은 확실한 규칙, 언어학이나 사회학 또는 정신분석학에서 유래한 구조에 기초한 비교만을 인정하였다. 그 결과 장르 연구의 유행이 도래하게 된다.

장르란 무엇인가?

전통적인 오류 추리로 앞서 들어가자는 말은 아니다. 장르를 정의하기 위해서는 그 역사를 알아야 하고, 장르에 대해 언급되었다고 추정되는 역사를 정립해야 한다! (《언어학 백과사전》의 '장르'라는 단락에서) 뒤크로와 토도로프는 매우 특출한 전개를 보여 주었다. 나는 단지 삽입절로 쓰여진 다음의 한 가지 고찰만을 기억한다: "유형 연구와 일반적인 시학과의 차이만이 존재한다는 것을 알았다……. 장르에 대한 초기 관찰은 문학 담화 탐구를 위한 간단한 출발점에 지나지 않는다."[33]

이 지적은 비교학자에게 중요한 사항이다. 바꿔 말하면, 그것은 텍스트에서 **"더 포괄적인 전체에 텍스트들이 연결된 것과, 이 전체로부터 그것들을 구별짓는 것"**을 우리가 찾는다는 사실을 상기시킨다. 이런 조건에서 등급이 결정되고, 다양한 선택이 가능한 활동의 장이 열린다.

우선 흐름의 문제이다. 고전적인 비교학 문제들이 존재한다. 이 문제들은 많은 논쟁을 야기하지 않으며, 분모는 명백하다. 그래서 칼데론 데 라 바르카의 《인생은 일장춘몽》, 셰익스피어의 《한여름 밤의 꿈》, 코르네유의 《희극적 환상》을 규합시키는 것은 '바로크 희극'이 무엇인지 정의하는 것으로 추론된다. 낭만주의 드라마나 역사 소설에서처럼 매우 분명한 양식이 관건이다.

주제, 모티프 또는 신화

다음 단계에서 산문시, 또는 분명 일본이 근원지이지만 괴테·클로델·릴케·파운드에 의해 동시에 닦인 '하이쿠' 같은 더 파악될 수 없는 장르가 존재한다는 것을 인식해야 한다. 이런 경우 문자·경구·대화에 대해서는 뭐라 말할 것인가? 즉 3단계로, 나는 비교학자가 막연한 '장르,' 엉뚱한 짝짓기에 대해 대개 약하다는 것을 지적한다. 그래서 수사학에 예속된 명칭은 더 이상 엄밀한 의미에 맞지 않는다. 예를 들어 **'성장 소설'**의 장르는 어떻게 정의할 것인가? 괴테의 《빌헬름 마이스터》와, 플로베르의 《감정 교육》, 디킨스의 《데이비드 카퍼필드》를 하나로 묶을 때 **'교육 소설'**과 성장 소설을 어떻게 구별할 것인가? 또한 (셰익스피어의 《로미오와 줄리엣》, 바그너의 《트리스탄과 이졸데》, 클로델의 《정오의 극점》 등의) '사랑의 연극 공연'은 진정한 하나의 장르를 형성할 수 있을까?

물론 아니다. 그래서, 우리는 다른 용어를 찾아야 한다. 새로운 명칭? 새로운 구별! 또 다른 학파 싸움…! **'예술 소설'**(호프만·상드·조이스), 또는 **'간통 소설'**(플로베르·톨스토이·퐁탄), 또는 돈 후안·파우스트는 **주제·모티프 또는 신화**를 구성하는가? 조심스럽게 지적하건대 여기에 문제가 있다. 확실한 해결책이 없기 때문에, 지금 이를 심화 발전시킬 수는 없다. 그러나 몇 가지 기준을 살펴보자.

예를 들어 Ph. 샤르댕에게 주제는 '1단계 기초 재료'인 데 반해, 모티프는 "단번에 구조 기능을 행사할 수 있다." "성배(聖杯)는 탐구의 모티프를 가진 주제이다."[34] 그러나 이 정의조차도 절대적이지는 않다. 그래서 R. 트루송에게 주제는 오히려 인물을 지칭하고, 모티프는 상황을 묘사한다.[35] 이것에 또한 각 나라의 관습의 무게가 가중된다. 주제는 오히려 조직화하는 경향이 있는 프랑스 비교학자들·독일인들·미국인들에 의해 연구된 용어이다.

어쩌겠는가!

그러나 나는 이미 이루어진 진보를 강조한다. 예전에 Ch. 데데양은 유럽 문학의 여러 세기들을 포함한 포괄적인 연구를 《파우스트의 주제》[36]라 명명했고, 최근에 A. 다베지는 《파우스트 신화》[37]를 저술했다. 즉 차이점은 '연구 자료'에 있는 것이 아니라 연구 정신에 있다: 인간과학의 모델인 구조주의는 이런 과정을 거쳤다. 현재 비교학자는 기원·매개·연계·이동으로 구성된 문학사 저술에는 별로 관심을 보이지 않는다. 그는 오히려 문체를 연구하고, 비교 기준이나 눈에 띄는 집약점을 근간으로 문체를 구성한다. 아주 정확하게 J. 루세는 '불변수'에 대해서 말하고, G. 쟁다름 드 베보트의 《동 쥐앙의 전설: 문학에서의 변화, 낭만주의의 기원》(파리, 1906)을 재인용한 그의 빈틈없는 《동 쥐앙의 신화》(1978)[38]에서 이 용어를 사용하였다. 공통분모에 대한 질문은 무궁무진하고 피할 수 없다는 것을 이해할 수 있다. 어떤 결말을 보려는 비교학자들은 너무 순진한 것인가? 그것을 아는 것으로 충분하다. 비교학자에게 필요 불가결해진 《문학신화사전》[39]을 옹호하며 P. 브뤼넬은, 작가는 전통적인 서술 양식을 재사용하지만 새로운 의미를 덧붙일 수 있는 권리를 확보하며, 자유로이 이 양식을 다루고 변화시킨다는 중요한 본질을 매우 정확하게 상기시킨다: "전통적인 통시적 관점을 공시적인 관점으로 대치하고, 모델이 아니라 신화에 변화와 활기를 주는 구조를 찾고 싶지 않은가?"[40] 비교학자는 '전체'로 생각하고 연구한다는 점을 잊지 말자.

처음에 우리는 긍정적인 지적 모델에서 출발했다. 지금은 더 형식적이고 기능적인 야심을 표방한다. 그러나 무슨 상관이겠는가. 상당히 이론적인 이 논쟁 뒷면에 이 단어가, 실제로 모호하고 어정쩡하지만 문학 장르에서 인정된 옛 존엄성은 그대로 유지되고 있다.

2. 특질

비교학자는 '생성'의 범위를 사용하여 대상의 범위를 정하는 것에 만족하지 않는다. 다른 준거축이 필요하다: '열거' 축은 장르 전체나 부분을 밝히며, 분명한 대학 교육 과정을 구성하는 작품들을 명시한다.

《보바리 부인》·《안나 카레니나》(L. 톨스토이)·《에피 브리에스트》(T. 퐁탄)만으로 한정할 때 간통 소설은 매우 임의적이다. 헨리 제임스의 《메이지가 알고 있었던 일》, M. 프루스트의 《스왕네 집 쪽으로》를 근간으로 한다면, 변혁기의 청년 소설은 독일 영역에서 R. 뮈질의 《학생 토를레스의 혼란》과 릴케의 《말테 라우리츠 브리게의 수기》 사이에서 주저할 수 있으리라. 아리스토파네스와 브레히트의 다양한 작품들뿐만이 아니라, 프랑스에서의 몰리에르의 여러 작품들, 적어도 보마르셰의 두 작품 등 '정치 풍자극'은 수없이 많다. 대학의 임무는 바로 이런 기초를 설명하고, 관점의 변화에 대한 인식을 갖게 하는 것이다.

유명한 강의에서 로만 야콥슨이 '특질'이라고 부른 것에 다른 방법으로 다다른 것 같다: "그것은 예술 작품의 초점 요소이다. 그것은 다른 요소들을 지배하고, 한정하며 변형시킨다. 구조의 응집을 보장하는 것이 바로 이것이다. 특질이 작품을 명확하게 규정한다."[41]

기대와는 달리, 이 명칭은 유명한 러시아 형식주의 비평 정신에서 엄격히 언어학적인 가치를 인정받지 못한다. 실제로 야콥슨은 하단에서 '특질'은 시대에 따라 변화하고, 개인과 집단의 소관이며, 미학만큼 순전히 '구술(口述)적인' 형식에 선행한다는 것을 밝힌다. 그래서 르네상스 예술에서 미적 기준의 최고치는 시각 예술에 의해 표출되었고,[42] 다른 모든 표현 양식들은 시각 예술과 멀고 가까우냐에 따라 가치 등급이 결정되었다. 반대로 "낭만주의 예술에서는 최고 가치가 음악에 부여되었고, 그 결과 시는 음악에 치중하는 경향을 보인다."[43] 바꿔 말하자면, 특질은 '시적인 기능'에 의해 정의되고, '작품에 비견되는 것, 통일성과 그 존재 자체'[44]를 지칭한다. 얼마나 멋진 정의인가! 이를 즉시 우리 영역에 대입할 수 있다면, 이는 우리 작업의 현실이 어떠한지를 밝혀 주리라.

실제로 요점은 지속적인 대규모 움직임을 인식하는 것이다. 왜냐하면 비교학자가 진정한 구조 모델을 구축하는 것은 매우 드물고, 기대할 수 없기 때문이다. 야콥슨이 원하는 것은 아니다: (《시학의 문제》에서 하나하나 분석된) 문체, 시인-화가의 서술적 예술은 단 한 번밖에 없는 횡재이다. 이는 특질이라는 개념적인 도구의 도움으로 비교학자가 숙고한다는 것을 설명한다. 그 덕택에 연대기·형태·주제에 대한 영감을 조합한 다음과 같은 흥미로운 텍스트들이 탄생한다: '질투의 로마네스크적 표현들'(《노년》(I. 스베보)·《스왕의 사랑》(프루스트)·《영원한 남편》(도스토예프스키))과 토마스 만·막심 고리키·루이 아라공, 특히 Ph. 샤르댕이 유형학을 정립할 수 있었던 '불행한 의식의 소설.'[45]

3. 고증 해석: 초점 텍스트

비교학자는 경험에 의해 한 프로그램이 다른 텍스트들의 참조 서적이 될 때, 유용하게 조명된다는 사실을 매우 빨리 배웠다. 결국 한 문학 텍스트에서 다른 것으로의 측면 순환은, 공동의 준거로 사용되는 초점의 존재에 의해 용이해진다.

이 참조는 연대기적 순서일 수 있다. 비극에 대한 고찰과 비극의 변이에 대한 평가는, 아리스토텔레스의 《시학》과 니체의 《비극의 탄생》을 고려할 때 더 유용하게 이루어진다. 그리스 철학자에 의해 분류된 보조 기술과 공식 카테고리는, 게르만 사상가들이 언급한 원칙과 결합된다. '미메시스'·'카타르시스'·위기·반전·'데이섹스마키나'〔뜻밖에 구세주처럼 나타나 절망적인 상황을 벗어나게 하는 사람이나 사건〕는 디오니소스의 영감과 아폴론의 예술과의 유명한 구별에 호소하기도 한다. 아리스토텔레스의 모델을 따르지 않는 그의 연극에서 코르네유와 라신·볼테르, 그리고 알피에리가 상당히 많은 뉘앙스와 곡언법으로 그려낸 드라마보다 훨씬 더 비극적인 열정을 표현한 셰익스피어처럼, 에우리피데스의 《주신 바코스의 시녀들》은 바로 디오니소스에 의해 저주받은 인물들을 등장시킨다. 이 지표를 통해, 우리는 비극에 대한 프로그램이 전통적인 미학과 심리학적 분석 범위를 벗어나야 할 필요성을 이해한다. 비극은 한 형태 한 장르에만 한정되지는 않지만, 철학과 시학만이 문학 텍스트의 테두리 밖에서 우리가 그것을 이해할 수 있게 한다.

참조는 미학이나 문화 체계에 있을 수 있다. '렘브란트와 칼로식의 환상'이라는 부제가 붙은 알로이시우스 베르트랑의 《밤의 가스파르》는 그림과 결합된, 그리고 또한 유명한 《칼로트풍으로 쓴 환상의 이야기》의 작가인 E. T. A. 호프만과 결합된 참조에 의해 베르트랑의 산문시를 해설해야 하는 제약이 있다.

더 나아가 어느 시대나 주요 문체, 중요 예술 양식들에 관건이 되는 텍스트들이나, 적어도 관념적인 텍스트들에서 배양된 참조 문제가 있다. 미셸 푸코는 《말과 사물》에서 이 주제에 대해 매우 정확하게 **상호 담화 형상**이라 말한다. 완전한 문화 영역, 각 표현 양식의 독립성을 존중하는 좋은 표현이다. 또한 예술이 유일한 공식 규칙에 근거 없이 차단된, 동떨어진 세상이 아니라는 사실을 암시하는 아름다운 표현이다.

표현주의라는 다른 영역에서 어떻게 성경을 소홀히 할 수 있는가? 성경은 타락한 바빌론이라는 사악한 도시, 불, 하늘의 분노의 모티프를 제공한다. F. 랑의 《메트로폴리스》란 영화에서 A. 베르크의 《룰루》라는 오페라에서 이 영감이 발견될 뿐만 아니라, 특히 〈요한계시록〉의 비유는 되블린의 《베를린 알렉산더 광장》의 결말과 더스 패서스의 《맨해튼 역》에 분명한 영감을 주었다. 게다가 되블린과 J. 더스 패서스는 결코 서로를 읽지 않았다. 어떻게 그것들을 비교하고, 초점 텍스트 〈요한계시록〉을 통하지 않고 어떻게 20년대 '도시 소설'에 대해 말할 수 있을까?

목록을 작성하고 확정된 경계를 구획하는 것이 문제일 수 없다는 것을 이해할 것이다. 그러나 이 삼각 추리 방법에 대해 생각해 보자. 비교 활동은 공통분모가 매우 다양할 수 있고, 다양해야 하는 응집된 전체를 끊임없이 구성하려 한다.

3

비교문학 논술

논술은 분석과 종합 연습이며, 뜻밖의 독서 제안이다. 한편으로 프로그램을 구성하는 다른 텍스트들의 수렴점을 찾아내는 능력을 보여 주는 것이 관건이다. 다른 한편으로 이 수렴 연습은 한계를 존중하면서 이루어진다: 첫째로 주제에 의해 제기된 한계, 두번째로 모든 측면에서 모든 텍스트를 동화하지 않는 감각의 한계 등. (종합적인 결론을 유출해 내야 하지만, 모든 것이 다 허용되지는 않는다.) 이 공통분모를 찾아내기 위해서, 텍스트의 심도 높은 이해가 요구된다는 사실에 어떤 의심도 있을 수 없다. 프로그램 텍스트의 정확한 암시, 회상, 풍부한 인용 목록이 없이는 좋은 논술은 없다. 정확한 기억력이나 잘 만들어진 독서 카드는 필수적인 전제 조건이다.

1. 전 제

방법론적인 관점에서 비교문학 논술은, 이 학문 고유의 어려움이 있지만 프랑스 문학 논술이나 논평과 같은 규칙을 기반으로 한다. 규칙 준수, 특히 그 이해는 좋은 작업을 창출해 내는 보증이다. 규칙만으로 좋은 논술을 작성하기에 불충분하다면, 규칙의 부재(不在)는 풍부한 '사고(思考)'의 표출을 막는다. 그러므로 논술 각 단계의 중요성을 상기함이 합당하다.

준비 작업

서문과 전체 논술의 질은 모든 작문에 선행된 작업, 즉 **주제 개념의 분석**에 달려 있다. 논술 문제는 일반적으로 인용문과 질문, 또는 이 인용문에 대한 토론에의 초대, 두 부분으로 나뉜다. 우선 이 인용문을 심각하게 숙고해야 한다. 모든 중요한 개념들을 참조하고 분석하며, 다른 것과 관련지어야 한다. 그래서 문제에 대한 이 작업은 진정한 텍스트 설명과 유사하다. 주제의 두번째 부분은 작업이 덜 진척되었을지라도 유사한 작업의 대상이 된다. 왜냐하면 표현 양식도 중요하고 귀중한 단서가 될 수 있기 때문이다. 논술자들에게 제시된 인용문들은 예시된 범위에서 출제되지만, 흔히 과격하고 극단적이어서 놀랍다. 이 인용문들은 뉘앙스를 풍기며 토론되고, 더 나아가 논쟁거리가 되는 관점을 표현한다. 이것이 문제의 두번째 부분에서 기억해야 할 점이다.

이 단계의 작업은 (서론에서 꼭 재인용되어야 할) 논술의 기초, 즉 문제 제기 방법을 포함한다.

문제 제기 방법이란 무엇인가? 이 예비 작업의 단계에서는 매우 다양하고 풍부하게, 또 폭넓게 사고해야 하며, 주제가 제기하는 어떤 방향도 놓쳐서는 안 된다. 그러나 점차적으로 질문과 주제의 분산된 방향을 정리해야 한다. 주제 개념의 관계와 그것의 문학적·예술적 결과로부터 논술 문제 제기 방법이 될 질문이 생성되어야 한다. 분명히 밝혀야 할지 모르겠지만, 교과 과정에 대한 논술일 때 이 질문은 주제나 교과 과정의 일반 제목과 혼동되어서는 안 된다. 그것은 문제의 개념에서 함축적으로 존재하는 문학 문제들이지만, 이 개념에 대한 사고만이 그것을 분명히 밝힐 수 있다. 이미 만들어진 문제 제기 방법은 존재하지 않고, 주제만큼의 문제 제기 방법이 존재한다고 해도 과언이 아니다. 그렇다고 해서 학생수만큼 문제 제기 방법이 존재한다고 확언할 수는 없다. 문제 제기 방법의 표현 양식과 그 구성이 전적으로 개인 작업의 결과라면, 좋은 논술 주제는 일반적으로 동일하고 중요한 문제로 통한다. 주제에 접근하고 다루는 방법은 물론 각 논술 답안에 따라 다양하다. 그러나 사고의 근간은 같다.

이 예비 작업은 가장 풍요한 동시에 가장 헛되다. 왜냐하면 초고지〔답안지를 작성하기 전에 여러 가지 생각을 정리하는 쪽지〕에서조차도 개괄적인 형태로만 서론에 나타나기 때문이다. 그러나 그 덕택에 서론은 선행된 회피가 아니라 간결하고 명료한 프로그램이 될 것이다.

목차의 문제

아카데미 규범이지만 3부 3장으로 나뉜 목차가 절대적인 모델은 아니라는 것을 상기하는 것이 좋다. 그러나 예외적인 경우를 제외하고 두 파트로 구성된 목차가 충분한 변증법적 논증을 이끌지 못한다는 점과, 장(章)과 부(部)들 사이의 불균형 등 몇 가지 목차의 문제는 쉽게 피할 수 있다. 방법상의 본질은 가장 간단하고 가장 분명한 것으로부터 가장 복잡한 것으로의 진행을 따르는 것이다. 그 결과 가장 쉽게 따를 수 있는 모델은 **논리 목차**이다.

논리 목차에서, 첫장은 가장 객관적이고 가장 완전한 방법으로 제시된 인용문을 해설하는 것을 목표로 한다. 그 논증은 작가의 생각을 지지하고 심화시키며, 모든 결론을 발전시킨다. 그러나 일반적으로 주제가 단편적이고 논의될 만한 측면에서 선택되는 한, 작가의 입장을 끝까지 발전시킴으로써 한계를 발견한다. 이때 발생하는 한

계나 모순까지 명시하는 것이 두번째 파트의 목적이다. 당연히 이 장에서는, 앞에서 인정한 것을 부정하거나 자체적으로 모순에 빠지는 일이 있어서는 안 된다. 다른 관점이 채택되기는 하지만, 첫장의 진실이 갑자기 거짓이 되지는 않는다. 단지 비교할 작품들의 어떤 측면들은 완전하게 주제에 부합되지만, 다른 부분은 그 한계를 드러낸다는 것을 밝혀야 한다. 세번째 장은 가장 까다롭다. 왜냐하면 두 관점의 평이한 화합이라는 느낌을 주지 않고, 앞의 두 장을 추월할 수 있어야 하기 때문이다. 여기에서도 또한 비교할 작품들의 다양성이 새로운 관점의 적용을 용이하게 한다. 그러나 한 작품으로 한 장을 작성하지 않도록 주의해야 하며, 사고의 각 단계에서 프로그램 전체를 고려해야 하며, 마찬가지로 주어진 세기(世紀)를 바탕으로 한 장을 구성하면서, 이 논리 모델 안에 연대기적 변이를 끌어들이지 말아야 한다.

주제 목차는 더욱 현실화하기 까다롭다. 이는 흔히 교수자격 시험처럼 반론의 여지가 없는 관점을 제시하는 것, 복잡한 주제 등 높은 수준의 시험에 적당하다. 이런 경우 접근 방식은 사고의 점진적인 심화, 즉 연속적이지만 주제의 다양한 측면을 조직하는 예증이어야 한다. 이는 자연스레 논술이 토론의 형태를 취해야 한다는 것을 제외하는 것은 아니지만, 그 형태는 미리 결정되지 않고, 주제의 개념에 따라 형성된 범위에서 좀더 개성적이고 유연한 방법으로 체계화된다.

비교 논술의 유의점

연대기의 이점과 위험

이제까지 언급되지는 않았지만 반드시 폐지되어야 할 목차 형태는 바로 '연대기적' 목차이다. 즉 연결·진보·문제 제기 방법조차도 사고에 바탕을 두지 않고, 문학사에서 이끌어 낸 사실들에 바탕을 둔 역사 유형의 목차이다. 1장은 낭만주의, 2장은 상징주의, 3장은 20세기 등등은 역사 논술에서 차용된 목차의 실례이다. 게다가 이는 논술이 과정에 대한 질문을 주제로 제시하고, 분명하게 통시적인 답안을 요구할 때를 제외하고 비교문학화되지는 않는다.

그러나 비교문학이 문학사의 적일 수는 없으며, 흔히 문학사에서 영향 연구, 모델의 역할, 장르 패러디 등 그 본질을 찾아내기도 한다. 비교문학의 어떤 프로그램들, 매우 다른 작품들의 비교는 문학사에 대한 충분한 지식이 없으면 이해될 수 없다. 그러면 논술에서 문학사가 어떤 위치를 차지할까? 연대기적 추론을 항상 경계해야 할지라도, '논리적'이라 불리는 목차에서 2장에서 3장으로 연결될 때처럼 연대기 사용이 어떤 경우에는 정당화될 수 있다. 이런 유형의 목차에서 3장이 전통적으로 멀찍이 물러서 관조해야 할 경우, 이 후퇴는 역사적인 맥락에서 이해하기 위해 토론을 상대화시킬 수 있다. 이는 '연결끈'이 아니라, 주제 자체에서 생성되어야 할 가능성이다. 또한 '후퇴'는 필연적으로 현대로의 비약이 아니라, 전(前)시대에 대한 숙고에서 형성될 수 있다는 것에 유의하자. 특히 현대 작품에 관한 주제는, 그것이 더 고전적인 문학 개념과 비교될 때 새로운 견지에서 작품을 볼 수 있다. 물론 이 단서들을 일반화시켜서는 안 된다. 항상 날짜가 아니라 '사고'를 바탕으로 추론하는 것이 더 낫다. 결국 정론에서 반론으로의 전이는 '결코' 두 시대 사이의 대립에서 이루어져서는 안 된다.

그러나 반대로 한 장이나 한 부 안에서 문학사에 대해 약간의 숙고를 곁들이거나, 또는 문학사를 소홀히 생각하지 않는 것은 전적으로 합당하다. 그래서 주제 목차에서조차도 '동일한 사고라는 가정하에' 선택된 예들의 조작은 당연히 역사적인 순서의 차이에 기반을 두어야 할 것이다. 이 미묘한 차이들을 다룰 줄 아는 것이 좋은 비교문학 논술의 예술이기도 하다.

그러므로 문학사는 유용하다. 그러나 신중하게 사용되어야 한다. 문학사는 사고를 풍요롭게 하고, 대부분 단단한 기초를 가져다 준다. 그러나 어떤 경우에도 문학사 단독으로 논술의 일반 범위를 제공할 수는 없다.

인용과 예문의 문제

논술 주제가 프로그램상의 모든 작품들에 동시에 적용할 수 있는 예를 사용해야 한다는 것은 비교문학의 절대 규칙이다. 프로그램이 5개의 작품으로 구성되어 있다면, 각각의 하위 파트에서 동시에 다섯 작품에 대한 예시를 보여 주어야 한다.

물론 3-5개의 작품을 다룬다는 것은 많은 기지를 필요로 한다. 첫 번째 분명한 작품에 대해서는 간단한 암시로 제시될 수 있는 데 반해, 훨씬 불분명한 다섯번째 작품은 인용만이 아니라 인용을 예고하거나 이를 발전시킨 설명이 필요하다. 논술자는 한 단어를 이용해 암시하거나 주지시키고, 하위 파트에 포함된 진정한 의미의 짤막한 텍스트를 분석하는 등 다양한 방법을 사용할 수 있어야 한다.

2. 쓰기

서론

서론은 단순한 수사학적 장식이 아니다. 채점자는 서론을 통해 즉

각적으로 수험자의 종합, 분석 능력, 전개 방법의 정확성과 견고성을 파악하게 된다. 좋은 서론의 순서는 항상 다음과 같다.

머리말

두 문장으로 구성된 머리말은 주제를 '이끌어야 한다.' 즉 주제보다 더 일반적인 생각에서 출발하여, 자연스러운 방법과 관점의 축소를 통해 인용문과 연결되어야 한다. 그러나 '일반적인 생각'이란 무의미한 상투성을 의미하지는 않는다. 적용된 관점은 예술적이거나 문학적인 문제에 대한 것이므로 전기(傳記)나 역사적 순서를 고려하지는 않는다. 어조는 단호하고 날카로워야 한다. 머리말은 관심을 끌 수 있어야 하며, 매우 간략해야 한다.

인 용

인용문은 전체를 제시해야 한다. (독자는 주제를 모른다고 가정한다.) 그리고 가능하다면 전체 맥락(출제된 저서, 저자 등)을 밝혀야 한다. 인용문이 너무 길면(6-7행 이상) 가장 중요한 개념이나 문장을 따옴표로 인용하여 요약할 수 있다. 이 간단한 단계가 자주 생략된다.

주제 접근 방법의 제시

이 단계는 위에 서술된 전개 작업을 종합적으로 재생산해야 한다. 그러므로 이미 기술된 기준을 인정하는 전개 방법을 실행하기 위해, 재빨리 주제의 핵심 단어들의 공략부터 시작해야 한다. 그런 까닭에 주제 접근 방법은 설명에 이어 점차적으로 주제 분석을 통해 이루어진다. 이 부분은 인용문의 길이에 따라 4-5개 문장, 또는 그 이상을 포함한다. 그러나 어떤 경우든 과장되어서도 안 되고, 완전히 텍스트 설명이 되어서도 안 된다. 여기에서도 또한 간결한 것이 좋다. 이 부분은 질문의 형태로 제시되어야 하지만 너무 많은 질문을 나열해서는 안 된다. 특히 뒤에 올 논술 전개의 모든 관점이 선택된 주제 접근 방법을 따라야 하기 때문에 이 부분은 중요하다. 주제가 단순히 프로그램의 텍스트들에 어떤 면에서 적용되는가를 확인하는 너무 막연한 접근 방식처럼, 주제의 한 면만을 고려하는 너무 첨예한 주제 접근 방식을 피하자.

목차 예시

연결고리뿐만 아니라 한 문장에 2-3개 단어가 하위 파트와 연결될 수 있도록, 하위 파트와 그 의미들이 분명하게 서술되어야 한다. 이것은 전개가 분명치 않을 때, 자연스럽게 독자가 참조하게 될 일종의 접근 방식의 요약이다. 이를테면 목차 예시는 논술자가 주제 접근 방식으로 제기하려는 질문에 대한 '해답'이다. 해답이 신빙성이 있고 독자를 실망시키지 않는 것은 논술자의 몫이다. 목차 예시는 아주 분명해야 한다. 그러나 어떻게 할 수 없다면, '첫번째로' '첫장에서' 등의 미사여구의 도움을 받을 수 있다. 막연하거나 혼동되는 것보다 낫다. 가끔 웃음을 자아내는 '나'보다는 아카데믹하고 비인칭(非人稱)적인 형태인 '우리'가 더 좋다. 마지막으로 목차 예시는 논술의 결말이 아니다. 채점자가 답안을 읽고 싶은 마음이 들도록 개방적인 입장을 견지해야 한다.

실용적인 순서를 밝히자면 서론은 항상 본론을 쓰기 바로 전, 논술 세부 목차 다음에 작성되어야 한다.

본 론

장과 단락

어떤 목차를 선택하든 각 부는 2-3장을, 각 장은 1-2단락을 포함해야 한다. 각 단락은 하나의 사고와 1-2개의 예를 근간으로 구성된다. 각 단계에서 내부 구조를 발견할 수 있다. 즉 단락까지도 작은 서론과 작은 결론이 있다. 답안지에 분명하게 줄을 띄워 그 구조를 명시해야 한다.

추론 방식(연결어)

한 부(部)에서 다른 부로, 또는 다른 장으로의 전이에 필요 불가결한 연결어는 은밀하고 두드러지지 않아야 한다. 그런 까닭에 모든 생각은 부나 장의 결론에 점차적으로 표출되며, 연결을 오랫동안 준비해야 한다. 여백은 결코 연결어로 인식되지 않는다.

예(例)

우리가 아는 대로 예는 모든 사고의 기초이다. 모든 논증은 예로 보완되어야 한다. 여기에 비교문학 고유의 어려움이 있다. 모든 생각은 프로그램의 다양한 작품들에서 발췌된 예들로 매번 설명되어야 한다. 한 가지 예만을 취할 수 있는 경우는 문제 작품의 독특한 특질을 강조할 때이고, 반대로 무작위로 예를 쏟아부어서는 안 된다. 예는 사고의 진보를 명시하고 반복을 피하기 위해 가장 간단한 것에서 복잡한 것으로, 가장 독창적인 것으로 분류된다. 예는 다양하다. 프로그램 작품들 중의 하나를 빼놓았다는 느낌을 주어서는 안 된다.

마지막 어려움을 지적하자. 비교는 동화(同化)와는 다르다. 바꿔 말하자면, 동일한 분석에 서로 다른 작품들을 기어코 대조하려는 시도는 축소적인 유추가 될 위험이 크다. 게다가 텍스트들은 흔히 공통점뿐만 아니라 대립점으로 선택된다. 이 주제에 대해 교수자격 시험의 배심원단 비교학자들이 제시한 논술 정의를 상기해 보자: 논술은 주어진 주제에 따라 집약점과 차이점을 표출시키기 위해 텍스트들을 관련짓는 능력을 전제한다. 그러므로 기발한 구조로 이 차이를 부정할 필요는 없다: 차이는 관점을 풍요롭게 하지 축소하지는 않는다.

결 론

결론은 논의된 모든 사항들을 집결해야 하고, 제기된 문제들에 단호하게 답해야 한다. 그러나 논술의 단순한 요약이 아니며, 마지막 순간에 날림으로 작성된 간단한 형식도 물론 아니다. 논의의 쟁점들과 서론에 비해 균형적인 논의 방법들을 종합적으로 정리한 후에, 결론은 관점을 넓히고, 주제를 막연하고 평범하게 흐트리지 않고, 더욱 포괄적인 문학이나 예술의 제반 문제들을 다뤄야 한다. 인용문으로 끝을 맺는 것은 피해야 한다.

어조와 문체에 대한 몇 가지 일반적인 주의가 요구된다. 종합 논평과 같은 비교문학의 논술은 일반적으로 적은 시간과 적은 지면이 허락된 시험이다. 그러므로 시험관을 설득하는 것이 관건이고, 변호사의 어조를 따라야 한다: 모든 것을 정당화시키고, 증명하고, 어떤 것도 우연으로 방치해서는 안 된다. 논리적인 연결과 분절점을 강조하여야 한다: 등위접속사와 종속접속사는 확실한 보조자이며 시험관의 관심을 끌 수 있다.

문체에 관해 지각 있는 몇 가지 주의가 요구된다: 문학 시험이므로 수험생의 필체도 또한 평가 대상이 된다. 그러므로 어느 정도의 언어 수준을 유지하여야 하며, 동시에 너무 현학적인 표현이나 너무 친근한 표현법 또는 신문의 언어는 피해야 한다. 또한 인용은 정확해야 한다. 다시 말해 수험자의 문장 구조와 인용문이 정확히 부합되어야 하며, 상황에 따라 긴 인용문은 한 줄을 띄운다.

실 례(實例)

논리 목차
프로그램: 동 쥐앙의 신화

참고 문헌: 티르소 데 몰리나, 《세비야의 농락자》; 몰리에르, 《동 쥐앙》; 다 폰테/모차르트, 《돈 조반니》; 호프만, 《돈 주안》; 푸슈킨, 《목석 같은 손님》; 조르주 상드, 《불모의 성》.

논제: "배우이며, 가면을 쓴…… 과시와 위선이 가득한 사람을 선택하자. 그에게 변덕스러움과 변신하는 버릇을 더하자. 그러면 완벽한 동 쥐앙이 아니라, 17세기가 만든 동 쥐앙의 구성 요소를 얻게 된다"라고 장 루세가 말한다.

프로그램에 제시된 정확한 예를 들어 위의 정의(定意)를 토론하고 논하라.

[문제 접근 방식 설명]

관건은 장 루세(《동 쥐앙의 신화》를 집필하기 전)가 제시한 정의가 우연히 바로크 시대에 속하는 작품들뿐만이 아니라(또는 갈림길

이 된 모차르트/다 폰테까지), 전체 신화를 정의하기에 합당하지 않느냐는 것이다.

참고 문헌: 장 루세의 인용문은 《내부, 외부》(코르티, 1968)에서 발췌되었다.

[모범 답안]

서 론

동 쥐앙이라는 인물은 까마득한 옛사람인 듯하다. 그러나 장 루세는 《내부, 외부》에서 이 인물의 탄생에 관심을 갖고 다음과 같이 주장한다: "배우이며, 가면을 쓴…… 과시와 위선이 가득한 사람을 선택하자. 그에게 변덕스러움과 변신하는 버릇을 더하자. 그러면 완벽한 동 쥐앙이 아니라, 17세기가 만든 동 쥐앙의 구성 요소를 얻게 된다." 사용된 두 명령에서 보여 주듯, 장 루세가 여기에서 표현한 것은 일종의 화학 법칙이다: 요소들은 새로운 물질을 형성하기 위해 '조합되었다.' 이 새로운 물질은 17세기의 동 쥐앙을 조합해 내기 위해 도입된 '구성 요소'에 지나지 않는다. 그러므로 장 루세가 묘사한 인물화는 이중의 불완전성을 내재한다: 시간의 흐름 속에 미완성된 이 인물화는 또한 부재와 공허에 의해 각인된다. 이 비평가에 의해 묘사된, 순전히 외형적인 동 쥐앙은 '가면'에 의해 은폐되었을 뿐만 아니라 '변덕스러움'과 '변신하는 버릇'에 의해 모든 정의를 모면하지만, 이 특징 자체로 말미암아 바로크 남자 정의에 부합하게 된다. 이에 다양한 작품들과 다양한 시대를 통해 영원성을 증명받은 동 쥐앙이라는 인물이 어떻게 그렇게 분명한 문화 유형에 결부되며, 동시에 그렇게 일시적이며 변화무쌍한 방식으로 표현될 수 있는지 우리는 자문한다. 만약 17세기뿐만 아니라 현대까지 외재성(外在性)과 연극성이 동 쥐앙의 변화무쌍한 인물의 특징이라면, 이 게임과 '모방'의 영원함 자체가 가면 뒤에 숨은 것을 밝혀낸다. 이때 완강함·불만족이라는 동 쥐앙의 프로메테우스적인 성격이 나타난다. 그러나 이 특징들도 불충분한 듯하다: 왜냐하면 동 쥐앙의 본질은 단지 '남자'의 그것이 아니라 그를 둘러싼 것과, 그를 문학적 신화의 위엄에 도달케 하는 바로 그것이기 때문이다.

본 문

I. 동 쥐앙, 바로크

동 쥐앙을 묘사하기 위해 장 루세가 사용한 '과시'·'위선'·'변덕스러움'·'변신하는 버릇'이라는 특징들을 통해, 우리는 이것들이 예를 들어 비평가가 《키르케와 공작》에서 수차에 걸쳐 정의한 바로크의 특징과 부합됨을 알 수 있다. 그러나 이 특징들은 동 쥐앙이란 유동적인 인물에 결부되기 위해 협소한 연대기적 영역을 벗어나는 듯하다.

A. 1. 그 결과 '과시'에 대한 사랑은 첫번째 유사(類似) 인물들에서부터 출현한다. 우선 주인공의 아름다움을 강조하는 의복의 우아함이 표현된다. 《세비야의 농락자》에서 티스베는 "용감하고 귀족적이며, 우아하고 탁월한 젊은이"(I막) 앞에서 황홀해하며, 몰리에르의 작품 속에 동 쥐앙의 '리본'은 농민들을 놀라게 한다.(II, 1) 이것들은 바람둥이 인물의 불가분의 특징이다. 보들레르의 동 쥐앙은 멋쟁이(당디) 인물과 혼동된다. 상드의 《불모의 성》 속의 아도르노는 아름다움으로 공작부인을 유혹한다. 모든 시선을 끄는 외형적인 화려함 없이 동 쥐앙을 상상하기는 힘들다.

2. '과시'는 최고의 유혹 도구인 언어의 사랑으로 표현된다. 유

혹은 멋진 매너로 시작되고, 과도한 예절은 몰리에르의 작품에서 디망슈와의 유명한 장면이 증명하듯 과시적이다.(IV, 3) "동 쥐앙, 대단한 경의를 표하며, 아! 디망슈 씨, 가까이 오세요. 당신을 뵙게 되어 얼마나 기쁜지 몰라요. 당신을 먼저 들여보내지 않은 사람들이 참으로 원망스럽군요!"

그러나 동 쥐앙의 다양한 이야기 중, 가장 과시적이고 자극적인 예절의 예는 물론 석상(石像)의 초대와 그 석상의 영접이다. 로렌초 다 폰테의 책에서, 다음의 대화는 웅장한 리듬과 엄숙한 단조로 강조된다:

"지휘관──동 쥐앙, 당신이 나를 저녁 식사에 초대해서, 내가 왔소.

동 쥐앙──난 결코 당신이 오리라고 생각지 않았소. 그러나 최선을 다하리다. 레포렐로, 즉시 다른 식사를 가져오도록 해라."

전이부: 과시나 외형의 바로크 감각과는 거리가 먼 석조(石彫) 손님에 대한 정성스런 영접, 이 특징 자체가 장 루세 자신이 《동 쥐앙의 신화》에서 '불변수'로 여긴 바로 그 특색이 되었다.

B. 1. 그러나 언어의 과시적 사용은 물론 예절에 국한되지는 않는다: 언어는 동 쥐앙의 최상의 무기이다. 여기서 우리는 장 루세가 말하는 또 다른 특징, '모방'의 예술에 접하게 된다. 우리가 경험하지 못한 것을 그런 체하는 것뿐이라면 동 쥐앙에게 언어란 무슨 소용이 있는가? 언어의 매혹적인 이 특징은 티르소 데 몰리나에게서, 예를 들어 밀물에서 겨우 빠져 나온 동 쥐앙에게 던진 티스베의 대답 속에 이미 나타난다.(I막) "당연히, 당신은 이 마지막 연설을 밀물 속에서 끌어내셨습니다. 그리고 그가 이렇게나 많은 소

금을 보인 것은 바다가 소금물이기 때문이죠. 당신은 침묵할 때 많은 말을 하시며, 전혀 무감각한 듯 보입니다. 당신이 거짓말하지 않으면 좋겠어요!"그러나 푸슈킨의 《목석 같은 손님》에서 이 점이 다시 발견된다: 동 쥐앙의 '언어'는 수도사로 변장했을지라도 도나 안나를 '두렵게 한다.'(3장) 그리고 얼마 후 도나 안나는 "오! 동 쥐앙은 웅변가이다. 나는 그것을 안다. 그가 매우 유명한 바람둥이라는 것을 들었다."(4장) 동 쥐앙은 뱀이 시선으로 매료시키듯, 언어로 매료시킨다.

2. 모든 문학을 통해 동 쥐앙을 정의하는 언어의 환상적인 매력, 교묘하고 최면적인 언변(言辯)으로 희생양들에게 작용하는 주인공의 매력은 단순히 애정 행위만을 목표로 하지 않는다. 이는 또한 다른 감정들, 신사의 감정, 특히 종교적인 신앙에 대한 존경심 등 주어진 언어를 모방할 수 있게 한다. 티르소 데 몰리나·몰리에르 또는 모차르트 작품 속에 나타난 동 쥐앙이 약속한 가지각색의 결혼은 이런 모방의 기회를 제공한다. 《세비야의 농락자》에서 표현된, 아민테를 향한 동 쥐앙의 유명한 맹세를 보자: "만약, 불행히도 내가 당신에게 확언한 믿음과 약속을 지키지 못하게 된다면, 내 배반과 부정의 대가로 한 남자가 나를 죽이길 바라오…… 죽음(을 제외하고), 살아 있는 이의 손에서, 신이여 나를 보호하소서!"(Ⅲ막)

전이부: 몰리에르의 작품에서 동 쥐앙은 위선자로 변하고, 그의 교화를 믿게 내버려둔다; 푸슈킨의 동 쥐앙은 도나 안나에게 다가가기 위해 수도사의 언어를 망설이지 않고 모방한다. 이렇듯 가장 낭만적인 모습에서조차도 동 쥐앙이란 인물은 위선적인 이중놀이와 관련된 듯하다. 그러나 이 개념은 동 쥐앙의 특색을 확장시킨다: 흉내자를 넘어 동 쥐앙은 장 루세의 표현에 따르면 '가면을 쓴'

사람, 배우인 것이다.

C. 1. 호프만의 동 쥐앙이 배우인 것은 분명 우연은 아니다. 낭만주의적 해석은 17세기 작품들 속에서 이미 출현한 특징, 즉 변장에 대한 취향으로 상징되는 인물의 연극적인 특색을 강조하는 것뿐이다. 다른 이의 의복을 입는 것, 옥타베나 레포렐로로 행동하는 것은 '익살'스런 즐거움의 원천인 듯하다. 일반적으로 동 쥐앙은 숨겨진 어둠의 남자이다. 그래서 푸슈킨의 《목석 같은 손님》의 도입부에, 그는 마드리드에 들어가기 위해 밤을 기다린다. 모든 작품에서 동 쥐앙은 밤에 음흉한 짓을 저지르고, 발각되지 않기 위해 동틀 무렵 빠져 나온다.

2. 그런데 동 쥐앙을 파악할 수 없고 당황스러운 존재로 만드는 '내부' 가면은 이 외부 가면에 어느 정도 상응한다. 여기서 《세비야의 농락자》의 1장에서 동 쥐앙이 이사벨에게 던진 의미 있는 대답을 기억해야 한다:

"동 쥐앙——내가 누구인가? 이름 없는 남자가 아닌가."

마찬가지로 몰리에르 작품에서 동 쥐앙의 신앙심을 알아내기 위한 스가나렐의 노력도 또한 헛되다:

"스가나렐——당신의 깊은 생각을 좀 알고 싶소. 당신이 하늘을 전혀 믿지 않는다는 것은 가능한 일이오?

동 쥐앙——그냥 넘어갑시다.

스가나렐——안 믿는다는 말이오. 그러면 지옥은 어떻소?

동 쥐앙——글쎄!"

동 쥐앙의 '깊은 속'은 항상 감추어져 있는 듯하다. 물론 그것은 장 루세가 밝힌 '변신하는 버릇,' 퓌닉스와 동 쥐앙의 유사점이다. 그러나 이 인물의 초기 모습들에 국한되지 않은 이 특징들은 모든 작품들 속에 지속적으로 등장한다.

전이부: 이렇듯 장 루세가 제안한 스케치에 따르면 동 쥐앙이란 인물은 '공허하게' 단지 내재성·안정성의 부재, 끊임없는 장난 등의 부정적인 특징들로 정의되는 듯하다. 그렇게나 많은 문학을 매혹시킨 동 쥐앙이란 인물은 단순히 희극배우인가? 이 배우가 끊임없이 가면 뒤로 숨는다면, 이 은폐하려는 노력은 호기심을 자극하고, 동 쥐앙의 다른 얼굴을 찾으려는 욕구를 부추긴다.

II. 동 쥐앙의 가면 뒤

퓌닉스의 이미지 자체는 변신과 영속성을 동시에 표현하기 때문에 모호하다. 수많은 해석에도 불구하고 동 쥐앙을 식별할 수 있는 것은, 그가 파악할 수 없는 특성 외에 다른 특색들을 갖고 있기 때문이다.

A. 몰리에르의 동 쥐앙의 말에 따르면 만약 "모든 사랑의 기쁨이 변화에 있다"(I, 2)라고 하지만, 주인공이 변하지 않고 유명한 고집까지 표명하는 주제가 있는데, 그것은 반성을 회피하는 것이다. 《세비야의 농락자》의 "당신의 시대는 매우 멀다"라는 표현에, 동 쥐앙은 "아니다. 아니다. 무슨 일이 있더라도 내가 후회할 수는 없다"(V, 5)라고, 모든 작품 속에서 동 쥐앙이 확인한 원칙들을 반복하는 모차르트는 마지막 대사 '아니다'로 응수한다. 이는 곧 단념하거나, 두려움에 굴복하거나, 또는 자신의 존재를 변화시키려는 것에 대한 거부이다. 푸슈킨의 거부 행위가 도나 안나의 이름을 부름으로써 시작되고, 티르소 데 몰리나는 '너무 늦었을 때'(III막) 고해자를 찾음으로써 거부의 뜻을 표현한다면, 몰리에르는 그가 본 것을

믿지 않고, 끝까지 "움직이고 말하는 놀랍고 신비한 이 동상"(V, 2)에 무관심함으로써 거부의 의사를 전한다. 모차르트의 동 쥐앙은 후회의 말을 한 마디도 하지 않은 채 불꽃 속으로 뛰어든다. 이 점에 대한 여러 작가들의 해석이 어떻든간에 사랑의 '변덕'은 거부의 영속성에 대립된다.

B. 1. 그러나 이 사랑의 변덕 자체가 항구적인 특징을 내포하고 있지는 않은가? 모차르트의 작품에서 '카탈로그'의 노래가 상징하는 불안정성은 항상 불만족과 상관된 것은 아닌가? 몰리에르의 동 쥐앙이 설명하고자 하는 점이 바로 이것이다.(I, 2) "그러나 일단 주인이 된 후에는, 더 이상 아무 말할 것도 희망할 것도 없다. 만약 어떤 새로운 대상이 우리의 욕망을 깨우고, 우리의 가슴에 정복해야 할 매력을 가져다 주지 않는다면, 열정의 모든 아름다움은 끝나고, 우리는 그런 사랑의 평온함 속에 잠들게 된다." 이 새로움에 대한 욕망은 소유의 권태로움과 정복의 순간 이상으로 열정을 지속시킬 수 없는 여자의 불완전성과 상관된다.

2. 바람둥이의 이 불안정성은 항상 실망스러운 여자 자신의 변덕에서 그 원인을 발견하게 되고, 그 속에서 지속된다. 《세비야의 농락자》에서, 이미 왕은 명예에 대해 "변덕의 화신인 여자의 손에 왜 빠지려 하느냐?"라고 외친다.

얼마 후에, 또다시 왕은 여자에 대해 다음과 같이 묘사한다: "모든 여자는 변덕스럽고 수시로 변한다."(III막) 이제 동 쥐앙이 '여자들을 징벌'(I막)한다는 것을 이해하게 된다.

다른 모든 작가들의 작품 속에서, 갓 결혼한 신부들이나 얼마 되지 않은 과부들이 쉽게 자포자기해 버리는 것은 동 쥐앙의 변덕과 불만족을 설명하거나 합리화하는 듯하다. 초기 동 쥐앙부터 나타난이 특징은, 18세의 바람둥이 처녀 라우라라는 인물이 특히 찰나의 진실을 위해, 동 쥐앙 특색을 연장시키는 푸슈킨의 작품 속에서, 그리고 현대 작품들에서 자주 등장한다. 라우라는 돈 카를로스에게 다음과 같이 선언한다: "지금 이 순간, 내가 사랑하는 사람은 바로 당신입니다." 그리고 그녀는 흐르는 시간을 생각하지 않는다. 여기에서 동 쥐앙은 자신의 적수를 만난 듯하다. 그러나 그가 사랑하는 사람은 라우라가 아니고 도나 안나이다.

3. 여기서 우리는 특히 더 낭만적인 동 쥐앙식 변덕의 해석을 알 수 있다. 영원한 호색한이며 영원한 연인인 동 쥐앙이 자신의 이상형을 찾아 헤맨다는 것이다. 푸슈킨의 주인공이 도나 안나에게 "지금까지 나는 어떠한 사람도 사랑하지 않았소"라고 선언할 때, 우리는 이조차도 의심하게 된다. 그러나 동 쥐앙이 죽는 순간 부른 여인은 바로 그녀였다. 그러므로 아마도 도나 안나 바로 앞에서 행한 이 고백을 믿어야 할 것이다: "아마도 수많은 내 잘못의 무게가 내 느슨한 양심 위에 가중될 것입니다. 이렇듯 나는 오랫동안 방탕에 탐닉한 학생이었습니다. 그러나 당신을 본 순간 나는 다시 태어남을 느꼈습니다. 당신을 사랑하면서 내가 사랑하게 된 것은 미덕입니다. 처음으로 겸손하게, 이 미덕 앞에 나는 떨리는 무릎을 꿇습니다."

호프만의 주인공이 제시한 해석도 바로 이것이다: "사탄이 저질러 놓은 이 사랑에서 도나 안나가 동 쥐앙으로 하여금 자신 속에 잠재한 성스런 본질을 알아내고, 몽상적인 유혹의 절망으로부터 빠져 나오도록 하늘이 정해 놓았다고 누가 말할 수 있는가? 그러나 그는 그녀를 너무 늦게, 잘못된 광기의 절정에서 만났다. 이제 그녀를 잃는 악마적인 즐거움만이 그를 만족시킬 수 있다."

이때 도나 안나는 이상적인 여인으로, 특히 구원의 인물로 형이상학적 차원에 이른 동 쥐앙의 제멋대로의 추구의 대상으로 등장한다. "사랑, 여인을 소유하는 것은 이 세상에서부터 하늘의 약속으로써만 우리의 영혼에 존재하는 것을 만족시킬 수 있다"라는 희망 속에 절망한 동 쥐앙, 호프만의 주인공에 의해 표현되었으며, 현대적인 시가에서 중요한 자리를 차지하려는 이 모차르트의 동 쥐앙은 반항한다: "이제부터, 그에게 여인을 소유하는 것은 더 이상 그의 관능적 쾌락을 충족시키는 방법이 아니라 자연과 창조주에 대한 교만한 모욕이다." 이렇듯 동 쥐앙은 이제 더 이상 변덕이나 회피가 아닌 끝없는 탐구, 추구로 정의된다.

C. 그는 더 이상 순간의 쾌락에 빠진 단순히 쾌활한 사람이 아니라, 신의 권력에 대항하는 프로메테우스적인 인물이다. 《첸치 가》(이탈리아 연대기)의 서문의 스탕달의 분석을 살펴보자: "동 쥐앙이 가능하기 위해서는, 이 세상에 위선이 존재해야 한다. 실제로 동 쥐앙은 고대에서는 명분이 없었다; 종교가 축제였고, 인간을 쾌락으로 몰아갔다. 쾌락이 그들의 유일한 일이었던 사람들을 어떻게 종교가 비난할 수 있었겠는가? ……그래서 나는 동 쥐앙의 악마적 역할이 그리스도교에 의해 가능했다고 말한다." 이렇듯 동 쥐앙은 그리스도교의 금지에 대항하는 현대적 프로메테우스가 된다. 이는 단순히 현대적 상상의 결과는 아니다. 《세비야의 농락자》의 주인공은 이미 '선교사'(II막) 카테리논의 설교를 거부한다. 몰리에르 주인공의 '방탕한' 신앙 고백은 유명하다: "나는 2+2=4라 생각한다." (III, 2) 모든 작품을 통해 인용되고 설명된 동 쥐앙의 고유 특징 중의 하나는 신에 대한 끊임없는 도전이다.

전이부: 이렇듯 동 쥐앙은 단순히 변덕이나 유희의 바로크적 인

물만은 아니다. 장 루세가 표현한 '가면' 또는 변장과 거짓이 그의 특징이라면, 이 가면 뒤에 반성 거부, 이상형 추구, 창조주에 대한 도전 등, 이 인물의 형이상학적인 면모가 숨겨져 있다. 장 루세가 주목한 특징들이 한 시기에 한정되지 않은 것과 마찬가지로, 이 특징들은 초기 동 쥐앙에서부터 나타난다. 이 인물의 풍요로움이, 동 쥐앙은 단순히 고립된 인물이 아니라 신화의 복합성에 도달했다는 명제를 고찰하게 한다.

Ⅲ. 신화로

다양한 문학과 세기를 거쳐 동 쥐앙이 끊임없이 동 쥐앙인 이유를 찾는다면, 모든 동 쥐앙을 규정짓는 이제까지 주목한 특징들만으로 충분하지 않다. 동 쥐앙의 성공은 물론 장 루세의 표현에 따르면, 그가 '과시하는 남자'나 반항인이라는 사실이 아니라, 그의 이야기가 진정한 신화가 되기 위해 단순한 인물을 초월하는 일반 요인들에 기인한다.

A. 1. 후에 《동 쥐앙의 신화》에서 장 루세는 다양한 작품을 통해 항구적인 구성 요인, 변화무쌍한 인물 묘사, 여인들, 죽음과의 식사 등 신화의 '요소'를 간직하려는 사람이다. 이것들이 동 쥐앙의 문학적 재산을 설명하는 요소들이다. 게다가 우리는 이미 호프만이나 푸슈킨의 경우에서처럼 독점적인 사랑에 도움이 되도록, 때때로 잊혀지기 위해 '변덕'이 이상향의 추구로 해석될 수 있음을 보았다. 이 '불변 요소'는 동 쥐앙을 신화로 만들기에 불충분하다.

2. 마찬가지로 여인들은 항상 현존하기 때문에, 때때로 거의 알아볼 수 없는 구성 요인들과는 사뭇 다르다. 이번에는 동 쥐앙의 이미지가 변화되었기 때문에 이런 사실도 또한 중요하다. 그래서

몰리에르와 모차르트의 작품들에서는 여자 농부들이 강제 유혹을 모면하는 반면, 티르소 데 몰리나의 주인공은 실제로 도나 이사벨·티스베 그리고 아민테를 유혹한다. 여기서 추적과 유희가 강조된다. 몰리에르와 모차르트에게 그렇게 중요한 엘비라라는 인물과 이루어지지 않은 그의 사랑은, 종국에는 유혹당한 여인들이 바람둥이에 대한 열정을 간직하지 않고 '각자가 자신의 짝을 찾는'(III막)《세비야의 농락자》에서는 표현되지 않았다. 티르소 데 몰리나부터 존중된 유일한 여인인 안나라는 인물은 몰리에르 작품 속에는 등장하지 않으며, 모차르트에 의해서만 진정으로 중요성을 갖게 되고, 호프만은 그녀를 동 쥐앙과 대립되는 주요 인물로 묘사한 반면, 푸슈킨의 《목석 같은 손님》에서는 마침내 발견한 사랑을 대변한다. 그러므로 여인들 내부의 변화는 동 쥐앙이란 인물을 다른 방향으로 굴절시킨다.

B. 1. 그런데 푸슈킨의 《목석 같은 손님》이 아직도 동 쥐앙의 새로운 해석으로 인식될 수 있다면, 이는 주인공의 불영속성 때문인가? 마드리드에 도착하자마자 그는 옛 애인 라우라를 만나러 온다. 푸슈킨은 새로운 유혹을 말하지는 않는다: 초기의 여인들은 동 쥐앙이 사랑에 빠진 도나 안나라는 인물로 축소된다. 동 쥐앙은 그녀의 남편인 사령관을 죽인 후 가면을 벗고, 그가 누구인지 밝힌다. 반대로 이 짧은 텍스트를 동 쥐앙의 현대판이게 하는 것은 죽음과의 끊임없는 만남과 도전, 그리고 마지막 죽음이다. 동 쥐앙을 신화의 위치에 도달하게 만드는 것은, 그렇게나 많은 작품들과 신화에 등장하는 반항이나 유혹이라는 주제와의 혼동을 막는 죽음이라는 주제인 듯하다.

　2. 물론 이 죽음도 매우 다르게 해석될 수 있다. 우리가 살펴본

바와 같이 단지 동 쥐앙의 후회만이 항상 확실하지 않은 것은 아니고, 몰리에르의 《동 쥐앙》의 말미에 스가나렐의 연설이 증명하듯 작가가 표명하려는 도덕이 때때로 막연하다: "아! 내 탓이다! 내 탓이야! 그의 죽음으로 모두 만족하는구나……. 모든 사람이 흡족해 한다; 불행한 사람은 나뿐이다……. 내 탓이다! 내 탓! 내 탓!" (V, 6)

마찬가지로 모차르트 작품의 해석은 '악한'의 공개적인 처벌을 이끌어 낸 '마지막 무대'의 육중주 곡을 간직하고 있느냐 아니냐에 따라 다르다. 그러나 동 쥐앙을 신격화시키는 죽음의 존재는 좋다. 왜냐하면 신화는 존재의 영원한 신비를 설명하고 싶어하기 때문이다. 우리는 다양한 동 쥐앙을 통해 죽음의 신비에 대해, 이방인과의 대립에 대해 생각할 기회를 갖게 된다. 《돈 조반니》를 공연하는 두 커플의 결혼으로 끝을 맺는 조르주 상드의 《불모의 성》 또한 연극 극단의 연습 이야기일 뿐이다. 상드와 함께 우리는 문학적 신화의 영역에서 벗어났다.

결 론

이렇듯 작품의 매우 두드러진 차이점을 넘어 장 루세가 지적한 처음의 두 가지 '불변 요소'가 때때로 매우 유동적인 만큼 죽음에 대한 의문, 동 쥐앙의 죽음을 둘러싼 신비, 그리고 이 죽음이 불러 일으키는 매력이 바로 신화를 존속시키며 수렴한다. 그러나 몽테를랑의 작품에서처럼 동 쥐앙은 더 이상 그만큼 의미 있는 존재로 죽음을 맞지는 않는다. 왜냐하면 이것은 이 질문에 낙담한 현대적인 대답의 한 형태이기 때문이다.

주제 분석 목차

프로그램: 소설과 낭만주의 로마네스크

참고 문헌: 괴테, 《젊은 베르테르의 슬픔》; 샤토브리앙, 《르네》; 포스콜로, 《야코포 오르티스 최후의 편지》; 바이런, 《맨프레드》; 푸슈킨, 《예브게니 오네긴》.

논제: 소설과 낭만주의 로마네스크는 당신 생각에 하나의 형태로, 또는 그 이상의 내용으로 정의되는가? 프로그램의 작품들을 예로 들어 논하라.

[문제 접근 방식 설명]

——제시된 논제는 세계 문학사에 대한 주제가 아니다. 그러나 18·19세기의 소설과 로마네스크 장르의 변이를 파악하고 있어야 한다. 이 점에 대해 P. 방 티에갱의 《유럽 문학의 낭만주의》(알뱅 미셸, 초판, 1948), 또는 Ch. 데데양의 《여행중인 비평가》(테크니크 출판사, 1985)를 참조하라.

——이 변이 추세를 통해 괴테가 모방한 J. -J. 루소의 《신엘로이즈》(1760), 이어 괴테를 거쳐 샤토브리앙과 포스콜로에 의해 재인용되고 수정되었으며, 바이런·셸리·푸슈킨에 의해 명백해진 철학적 드라마나 소설이라 불리는, 시로 쓰여진 새로운 소설의 성공적인 유행과 새로운 형태 연구 등의 몇 가지 사실에 주목할 수 있다.

——더불어 그 유명한 낭만적 정신이라는 문제가 있다. 뮈세(《세기아의 고백》)에 이어, 일반적으로 '세기의 악'에 대해 언급되었다. 그러나 이 정신을 지칭하는 다른 명칭들이 있다. (1805년 덧붙인 《르네》의 서문에서 샤토브리앙은 '열정의 유행'에 대해 말하고, 보들레르

는 바이런 또는 E. 포를 인용하며 '우울'이라는 단어를 선호한다.) 이 정신은 또한 이 변화의 총체적인 수용을 목표로 한다. (前낭만주의·낭만주의·신고딕주의·신고전주의 등, 이 점에 대해서는 《낭만주의 백과사전》, 소모기, 1980 참조.)

──논제의 용어는 형태로서의 낭만 소설, 내용으로서의 낭만 소설이라는 특히 조심해야 할 함정을 마련해 놓는다. 삼단논법(정·반·합)의 논술 방식의 단점이 두드러지고, 연대기적 방식도 또한 불합리하다. 그러므로 매우 도식적으로 삼단논법 논술 방식의 변이형인 주제 논술 방식을 택해야 한다.

──문제 접근 방식을 적용하기 위해서는, 준비 과정에서나 집필 과정에서 프로그램 이외의 몇 작품과 비평 서적들을 참조하는 것이 좋다. 그렇게 하여 수험생이 제시된 프로그램에만 국한되지 않았다는 것을 보여 주어야 한다.

[모범 답안]

서 론

일상적으로 예술사조는 형태와 내용이라는 두 가지 관점으로 정의된다. 낭만주의도 이 방식을 벗어나지는 못한다.

《독일론》에서 스탈 부인은 내용을 강조한다: 중세적인 것이 낭만적이다. 북쪽의 나라들을 앞지른 것은 기사 제도이다. 반대로 《낭만주의 예술》에서 보들레르는 들라크루아·콩스탕탱 기 같은 화가에 대해 언급하면서 기술을 부각시킨다: 낭만적인 것은 예술가들이 그들의 작품 속에 표현하는 색의 기능(《E. 들라크루아의 삶과 작품》, 3장), 구성 감각(《현대 생활을 그리는 화가》, 7장: 사치와 장엄) 등이다.

어떤 부분을 수용할 것인가? 형태를 중시해야 하나, 본질을 중시해야 하나? 프로그램의 작품들에서 오네긴·맨프레드·오르티스·르네, 특히 유행(파란 의상과 노란 장갑)을 창조한 베르테르 등, 주인공의 성격·모험이 낭만주의의 상징이 되었다. 이 점에 관해 G. 루카치는 "베르테르의 중심에는 혁명적 부르주아 휴머니즘의 중요한 문제가 존재한다"라고 말한다.(《괴테와 그 시대》, 1장) 그러나 이 작품들의 형태를 살펴보면 충분히 집약적인 뚜렷한 특징을 발견한다: 《베르테르》·《오르티스》는 서간체 소설이다. 그러나 17·18세기의 모델들과 현저히 다르다! 또한 반은 1인칭으로 반은 3인칭으로 서술된 자서전 《르네》는 프랑스 분석 소설의 극치에 달한 듯하다. 바이런과 푸슈킨은, 첫째로 공연을 목적으로 하지 않는 희곡, 두번째로 작가의 개입과 거리가 먼 운문으로 쓰인 소설이라는 새로운 형태를 창안한다. 모든 낭만주의를 의미할 만한 다양한 형태의 혁신이 있었다. 이론가들도 이 점을 분명히 주목하고 있었다. 예를 들어 A. W. 슐레겔은 "모든 독창적인 형태들은 유기적이다. 다시 말해 그것들은 작품의 내용…… 시의 본질에 의해 규정된다. 이 본질이 인간 속에 환생할 때마다 새로운 표현이 만들어져야 한다"라고 말한다.(《희곡 예술과 문학에 대한 강연》, 1808) 슐레겔의 표현 양식은 형태의 개혁과 내용의 변혁을 연결짓기 때문에 매우 흥미롭다. 예를 들어 J. 루세의 서간체 소설(《형태와 의미》, 10장)에 대해서처럼 현대 비평가들은, 적어도 부분적으로라도 이 생각을 인용한다. 그럼 제시된 프로그램은 어떤가? 우리는 이를 연구하기 위해 우선 매우 현대적이 된 특별한 주제들의 순환을 언급하고, 두번째로 다른 장르에 속한 이 작품들의 서사시적인 성격을 설명하고, 마지막으로 우리가 다룰 모든 작품들이 서로가 연결됨으로써 서로에게 결합되기 때문에 참고가 될 만하다는 사실에 주목하자. 이런 모든 이유로 우리가 살펴볼 작품들은 형태와 내용 사이에 상호 작용이 존재하며, 그런 까닭에 이 두 구성 요소를 분리하고는 현상을 고찰할 수 없다.

도식적 전개

I. 순환하는 주제들과 새로운 점: 세기의 악에 대해

제시된 모든 텍스트 속에서 그들을 분명히 극으로 몰고 가는 급진적인 방식에 불만족하거나, 약하거나 병적인 새로운 주인공을 발견한다. 바로 이것이 개인이 자기 중심적인 성향을 강조하는 인간애이다. 물론 반대로 《신엘로이즈》의 인물들이 그들간의, 또는 세상과 조화를 이루기 바랄 것이라 생각한다면 그것이 바로 혁명이다. ("선원들의 신호와 외침을 듣는다. 바람이 불어오고, 돛이 펄럭이는 것을 본다. 갑판에 올라, 떠나야 한다. 광활한 바다, 거대한 바다, 아마도 너는 나를 너의 가슴에 삼켜 버리리라: 너의 파도 속에서, 내 가슴을 동요시키는 고요를 되찾을 수 있으면 좋으련만." 3부, 26번째 편지)

A. 상반되는 충동에 사로잡힌 병든 영혼

──《르네》, p.144[46]: '격렬한 분위기, 변덕스러운 성격'과 처음부터 예고된 부제(副題)(《그리스도교의 본질》)에 상응하는 전개 부분으로서의 '열정의 물결') 참조.

──《오르티스》: 광기에 대해 언급한[47] 1799년 2월 6일 편지, 병든 이성에 대한 1799년 5월 25일 편지, 고통 속에 자족하는 불안한 인간에 대한 1799년 9월 17일 편지 참조.

이 아픈 영혼의 다른 특징은 우울이다.

──《베르테르》의 9월 10일 편지: "달콤한 생각을 그리워하며……

나의 불안이 나를 오랫동안 앉아 있지 못하게 한다."

——《오네긴》: 오네긴의 게으름(노래 I, 36절), '우울'이라는 단어가 명확하게 사용됨.(노래 I, 38절)

——이 우울은 우아하며, 맨프레드에게는 마녀들의 야연(夜宴) 중 사제를 저주하는 모독이 된다. (《맨프레드》, III, 4: "가버려라, 너는 나를 알지 못한다. 위험이 닥칠 것이다. 나의 날들이 얼마 남지 않았다!" 55절)

이런 조건에서 뮈세에 이어 '세기의 악'이 언급되었다는 것을 알 수 있다.

B. 이 병의 이름은 무엇인가? 당연히 죽음이다

——자살: 베르테르(권총)·오르티스(옛날 단검)·맨프레드(독약).

——자살에 가까운 죽음: 르네는 루이지애나의 프랑스 식민지 소유권 방어 당시 인디언의 화살을 맞고 쓰러진다. (더구나 수많은 자살 기도 후에 이 죽음을 맞게 된다. 유명한 기도: "르네를 다른 삶의 공간으로 데려갈 희망의 폭풍우여 몰아쳐라!" 참조.)

——또한 맨프레드와 오네긴의 악의 속에 매우 병적인 무엇인가가 존재한다고 생각할 수 있다. 오네긴은 그의 유일한 친구 렌스키를 살해한다. ("아마도 그는 아직도 의심하는 듯하다……. 그는 눈을 떼지 못하고 고통스러워한다." VI, 35) 타티아나에게 보낸 마지막 편지(VIII, 32)에서 밝히는 것처럼, 그는 타티아나의 사랑을 거절하고, 그로 인해 아파하며, 이 고통을 즐긴다. 마찬가지로 맨프레드는 그의 연인 아스타르테의 죽음에 대해 감미롭게 고통스러워한다. ("그것이 나를 고통스럽게 할지라도…… 나는 그녀를 사랑했고, 그녀를 파괴했다!" II, 2의 49·117절)

그러나 모든 것의 근원인 세기의 악과 죽음 사이에는 어쨌든 살아내야 하는 시간이 있다.

C. 사회 기피: 주인공은 그의 동족들과 함께 살아가는 데 어려움을 느낀다. 이런 사실은 객관적으로 그리고 실질적으로 굴욕이나 반항으로 표현된다.

——포스콜로에게서는 자유의 적, 정치적인 예속이라는 주제로 표현된다: 오르티스는 캄포포르미오 조약 체결자와 베네치아 독립을 무산시키는 자들에 대항하는 공화당의 음모에 가담한다. 그러나 동시에 오도아르도와 사랑 경쟁을 하게 된다. (6월 2일 편지 뒤에 있는, 독자에게 보내는 로렌초의 주석 44번: "어느 날 저녁 캄포포르미오 조약을 정당화시키려는 오도아르도에게 몰린 그는 미치광이처럼 소리치고, 다투고, 위협하기 시작한다.") 이에 사랑과 정치, 경쟁자와 연인 등 모든 것을 깨버리고 싶은 충동이 일게 된다. ("나는 분노와 절망일 뿐이다……. 어디서 구원을 얻을 수 있을까? 나에게도 인간에게도 구원은 없구나. 대지는 피범벅이고, 태양은 검다……." 2월 20일의 편지 65)

——《베르테르》에서는 좀더 서서히 진행된다. 샤를로테는 베르테르가 부드럽고 헌신적이며 이타적이도록 교육한다.(I, 7월 26일 편지) 그러나 베르테르는 그가 봉사하는 대상의 행동(II, 12월 24일), 또는 그의 친구라는 백작의 수줍음(II, 3월 15일)에 굴욕을 느끼고 반항한다.

그러나 공존하는 다른 표현들은 아직도 의사소통이나 동거(同居)에 부적합함을 나타낸다.

——그 중 최고는 물론 여행과 성급한 소란이다. 르네는 우선 유럽을 여행하고, 이어 세상 끝, 미국 사막까지 여행하며, 자연의 불안정성에 대해 말한다.(p.148) "나는 여행하기로 결심한다 등." 오

네긴은 한자리에 있지 못한다. 페테르부르크에 싫증난 그는, 노래 II부터 시골로 떠나고, 러시아 전역을 돌아다니기 위해 다시 떠난다.(별개의 노래 '오네긴의 여행') 결국 그는 모스크바와 타티아나에게로 돌아온다.(바이런에게서 빌린 의미 있는 제명 '안녕'의 노래 VIII) 맨프레드는 저주받은 동시에 자신의 마음과 일치하는 유일한 유배지로서, 스위스의 눈 덮인 산봉우리에 은둔한다. (I, 2: 알프스의 낮은 계곡: "나 이외에는 아무도 없다. 이제 이 멋진 풍경을 마시자. 이 달콤한 고독 속에 나는 홀로일 테니.") 오르티스는 극도로 포악한 박해를 피하기 위해 여행한다.(97년 10월 11일 편지)

——또한 우리 주인공들의 예술 감각을 언급할 수 있다. 예술은 그들에게 인공적인 천국을 제공하고, 동시에 그들의 동요를 드러내고 증가시킨다. 오네긴은 매우 위대한 독서가이다. ("그는 끊임없이 책을 뒤적인다." I, 44; 동일한 문장 VIII, 35) 오르티스는 화가가 되길 원하고(5월 14일 35번째 편지), 테레사가 연주하는 하프 음악을 음미한다.(12월 3일 14번째 편지) 베르테르는 호메로스와 오시안을 읽고 번역한다. '칼레도니아의 마지막 서정시인의 시'만큼, 교회 음악의 아름다움, 성가, 수도원 기념물, 이탈리아의 고대 폐허 등을 르네는 가슴 깊이 즐긴다. 물론 맨프레드는 가장 '교양'이 없는 듯하지만, 하늘의 미세한 소리에도 섬세하게 반응한 것(아스타르테의 목소리: "내가 사라지기 전, 나의 음악이 되었던 목소리를 한 번 듣고 싶다." 133-134절과 II, 4의 영혼의 찬가)과, 점성술과 천문학을 연구했다는 점을 기억해야 한다.(III, 3)

전이부: 그러나 우리가 위에 언급한 모든 것이 제시된 작품들의 특징을 충분히 설명하지는 못한다.

——우선 레르몬토프의 소설(《현대의 영웅》 참조)에서, 또는 발자

크의 작품(《신비로운 도톨 가죽》 참조)에서 접하게 되는 '세기의 악,' 여행 취미, 반항 등이 소설의 고유 특성은 아니다. 프랑스의 운문(라마르틴의 《명상 시집》, 또는 뮈세의 《롤라》 참조)이나 더 확장된 의미의 외국 운문(괴테의 《파우스트》, 또는 셸리의 《프로메테우스의 해방》 참조)에서 이 주제들은 소설만큼 풍요롭다.

——《신엘로이즈》와 《베르테르》를 어떻게 구분할 것인가? 서간체 소설과 운문 소설(《오네긴》)을 어떻게 결합시킬 것인가? 또 마지막으로 《베르테르》(1774)와 《오네긴》(1834)을 구별하는 연표를 어떻게 무시할 것인가? 이와 같은 두 가지 다른 의미의 형식적인 문제들이 분명히 제기된다. 다시 말하자면, 낭만주의적 로마네스크의 정의가 단순한 주제 분류에서 더 확장되어야 한다.

Ⅱ. 로마네스크와 서사시: 병적인 영혼과 불행한 의식

이 문제의 논점을 바꿔 발생론이나 수사학적 연구로 주제를 다뤄야 할 것이다.

A. 세기의 악: 서사적인 주제인가, 병적인 주인공인가?

전통적으로 서양 문화에서 소설이 순수 장르는 아니다. 아리스토텔레스는 《시학》에서 소설을 언급하지 않는다. 그 이유를 설명하자면 예를 들어 율리시스의 모험, 인간들(아킬레우스·헥토르·롤랑·아이네아스)과 신들, 신에 대항하는 인간들의 전투는 항구적인 대립의 고대 신화 형태일 뿐이다. 현대(이 시대를 너무 과장되긴 하지만 편리하게 낭만적이라고 부르자)는 서사시와 고대 비극이 감싸고 있던 신비의 옷을 벗기며 이를 세속화한다. 그러나 운명에 몸부림치는 인간이라는 근본은 같다.

이것은 《신엘로이즈》에서 진실이었고, 제시된 작품들에서도 마찬

가지이다:

——성서가 중요한 참고 자료라는 점에 주의하자. 괴테는 베르테르를 십자가에 못박힌 현대적인 예수로 비유한다.(II, 11월 3일 편지) 오이디푸스나 오레스테스의 수난이 있었던 것처럼 베르테르의 고난이 있다.

——고대의 종교 금기 파괴는 사회적 혼인 금기 파괴를 의미하게 된다. 베르테르와 오르티스에게 그러하다. 사회적·종교적 금기는 근친상간(르네/아멜리아, 맨프레드/아스타르테)의 경우에 해당한다.

B. 장엄한 **어조**, 잘못에 대한 가책, 과시하는 듯한 **한탄**에 관한 표현들을 찾기는 어렵지 않다. 우리의 작품들과 주인공들은 웅변적인 영적·종교적인 모델을 기준으로 처신한다. 헤겔이 불행한 의식으로 분석한 '주인과 종의 상관 관계'가 제시된 텍스트들에 분명히 나타난다는 사실을 기억하자.(《정신현상학》, 1807) "삶의 어떤 불행에 대한, 그리고 가장 강력한 것들을 위한 수도원의 필요성, 상처를 아물게 할 수 있는 유일한 종교의 힘"이라는 샤토브리앙의 현저히 웅변적인 의도를 기억하자. 같은 맥락에서 《베르테르》(초기 편지, 8월 18일의 I: 초월적 필요성에 대한 생각)와 《오르티스》(6월 2일의 45번째 편지, 자정에 "나는 모든 불행의 무게를 느낀다. 신 앞에서 애원하며 엎드린다")를 이해할 수 있다.

분명히 군더더기를 붙여 묘사한 이 운명이 그리스도교적 맥락의 《르네》에 편재되어 있다. 질투심이 많은 '신'에 의해 주어진 의무의 종교 그리스도교는 바이런의 작품에서도 또한 드러난다. 맨프레드는 그를 교화하려는 생 모리스 신부와 악령에 대면한다.(III, 4 참조) 표면적으로는 가장 종교에 무관하고, 가장 경박한 것 같은 푸슈킨의 작품조차도 비관론과 운명론이 지배적인 그리스도교 색채와 그리 무관치 않다: 렌스키는 의무에 대한 독일 철학에 물든 정신을 대변한다.("계시받은 이의 자태를 가진…… 칸트의 제자," II, 6) 타티아나에게 보낸 편지에서 오네긴은 유심론자가 되고, 푸슈킨은 다음과 같이 논평한다: "이 유희에 대한 존재 느낌은 매우 혼란스럽다."(VIII, 37)

이 모든 모험들은 모험찬가가 아니라, 오히려 무(無)에 대한 인식으로 이어진다. 인성의 형성이 아니라, 열정에 의한 여러 체험을 통해 실패의 기록만이 있을 뿐이다. 우리는 라스티냑·쥘리앵 소렐, 또는 다른 차원의 빌헬름 마이스터, 데이비드 카퍼필드와 동떨어져 있다.

C. 병적인 로마네스크가 아니고 비극적이라고? 왜?

——왜냐하면 처음부터 주인공은 환상을 갖지 않는다. 그는 이미 질 것을 알면서도 고대의 영웅적인 주인공들처럼 싸운다. 베르테르는 처음부터 잘못을 고백하고, 자신의 한계와 실수를 인정한다. (I, 5월 4일: "나를 용서해 주시오." 곧 이어 운명 'Schicksal'이라는 단어가 출현한다.) 마찬가지로 오르티스도 한탄으로 시작한다. (편지 1: "모든 것을 잃었다. 희생을 치러야 한다.") 또한 르네는 말한다: "얼마나 당신은 나를 불쌍히 여기시겠어요. 처음부터 수치스런 행동을 변호할 수 없습니다."

——항차 바이런이나 푸슈킨식의 아이러니 뒤에 애가(哀歌), 슬픈 사랑의 노래가 순간적으로 부각되는 운문 형태라면, 이것이 로마네스크식 이야기라는 것은 사실이다. 침울한 서문을 가치 있게 만든 맨프레드의 초기 독백(I, I, 9절), 내레이터에 의해 표현된 《오네긴》의 마지막 절. ("……소설이 끝나기 전, 심한 굴욕을 당하기 전에 이 삶을 떠날 수 있는 사람은 행복하여라…….")

전이부: 그러나 발자크나 스탕달의 로마네스크가 그러하듯, 더욱 자신만만하고 더 모험적인 로마네스크와, 염세적이고 병적인 우리의 로마네스크의 차이를 더 잘 파악한다면, 발생학적인 차이에도 불구하고 우리에게 제시된 작품들이 불행한 영혼을 표현한다는 의미에서 낭만적이라면, 어떻게 그것들의 특성을 더욱 명확하게 밝혀낼 수 있을까? 예를 들어 《신엘로이즈》나 《오베르만》(세낭쿠르) 또는 《육욕》(생트 뵈브)과 제시된 작품들을 구별하는 것은 무엇인가? 이 세 작품은 우리가 연구하는 작품들과 주제나 형식적인 면에서 유사함을 보여 준다. 어떻게 구별할 것이며, 정말로 특징적인 공통분모를 찾아낼 수 있을까?

III. 준거(準據) 낭만주의: 상호 참조

우리의 모든 작가들이 가깝든 멀든 루소라는 한 작가를 참조한다는 사실에서 공통분모를 발견할 수 있다. 그들은 문학의 모델을 개발하는 동시에 서로 모방한다.

A. 루소주의식 참조: 모든 작가들이 《신엘로이즈》를 읽었고, 그 것에서 영감을 얻는다. 한편으로는 그의 영향을 수정하고 싶어한다.

──그의 자서전(《시와 진실》, 12·13권)에서, 괴테는 《베르테르》가 루소에게 보낸 답이라고 분명히 밝힌다. 서간체 소설이라는 한 모델을 재사용하고, 《신엘로이즈》의 천사 같은 희생 정신 대신 자살이라는 반항을 통한 이데올로기적 대체로 응수한다. (자서전의 역할도 지적할 수 있다: 괴테가 《베르테르》를 저술하며 샤를로테 부프의 이야기에서 자유로워질 때, 루소는 《신엘로이즈》에서 그의 《고백록》을 부인한다.)

──이렇듯 샤토브리앙은 "장 자크 루소가 제일 처음 우리에게

전파한 매우 파괴적인 몽상, 곧장 자살로 연결되는…… 이 세기(世紀) 젊은이들의 독특한 기벽(奇癖)"에 대항하는 동시에 괴테의 모방——"베르테르 소설은 이 악의 싹으로부터 발전했다"(1805년 서문)——에 대항할 뜻을 밝힌다.

또 다른 한편으로 그의 영향을 비웃는다:

——맨프레드를 영양(羚羊) 사냥꾼과 생 모리스(생모리스는 마르티니와 몽트뢰에서 가깝다) 신부와 함께 스위스 알프스에 위치시킨 바이런의 아이러니는 루소를 염두에 둔 것이다.

——더욱 공공연히 푸슈킨은 중개자들을 주목하고 그들을 비웃는다. 오네긴은 자신을 차일드 해럴드(I, 38)로, 또는 바이런 자신(IV, 36)이라고 여긴다. 그는 바이런의 《돈 주안》(VII, 22)만큼 루소(VIII, 35)를 읽는다. 타티아나는 루소와 리처드슨(II, 29; III, 9-10)을 읽고, 렌스키는 무미건조한 모방에 대해 쓴다——"이것이 어둡고 무미건조한 그의 문체이다. 사람들은 이것을 낭만적이라 부르다니!"(VI, 23)

——포스콜로는 신중하거나 무의식적으로 게임을 한다. 로렌초의 처음 경고는 《신엘로이즈》의 도입부의 부연 설명이다. ("이 편지들을 출간하며, 나는 미지의 미덕을 상기시키려 합니다.") 동시대인들은 그것을 감지했고, M. 드 레뮈자부터 스탕달까지 그것을 통렬히 비난했다. ("나는 이곳에서, 이탈리아의 20군데에서 회자되는 정확히 동일한 것을 사용한 《신엘로이즈》에 대한 평가를 알아냈다."《이탈리아의 場》)

B. 장르에 관한 문제: 서간체 소설과 다른 텍스트들

1. 괴테와 포스콜로는 서간체 소설의 형식을 사용했지만, 수취인 답장을 생략함으로써 중요한 변형을 가했다. 그 결과

——소설은 더 이상 사랑의 대화(《위험한 관계》·《포르투갈 수녀의 편지》)가 아니다.

——또한 미덕에 대한 영웅주의(《신엘로이즈》)의 상호 격려의 장소가 아니다. 소설은 독백, 유아주의(唯我主義), 단절적이고 단편적으로밖에는 더 이상 표현할 수 없는 파괴된 인성(人性)의 장소가 되었다. 이렇듯 흔히 포스콜로와 괴테에게 던져진 부도덕에 대한 비난(샤토브리앙, 《르네, 그 이상》의 서문 참조)이 설명된다. 포스콜로 자신이 다음과 같이 밝힌다: "젊은 베르테르가 점차적으로 갖게 되는 업신여기는 성격은 부드럽고 비밀스러우며, 만족하기 힘든 열정이 그에게 준 분노에 기인한다……. 우리 모두를 유인하는 암울한 운명의 예언자 오르티스는, 반대로 공포와 때로는 어쩔 수 없는 절망으로 우리를 몰아간다."

주인공 자신들도 그것을 안다:

——오르티스는 9월 17일(편지 56)에 다음과 같이 기록한다: "너는 나에게 가슴 속 깊이 절망을 가져왔다……. 오! 나의 희망이여, 모두 사라져 가는구나." 이 문장에서 누구에게 건네는 것인지(로렌초? 테레사?) 불확실한 반말은 병적이고 불건전한 의미를 갖는다. 마찬가지로 인용되고, 재인용되었으며, 더듬거리는 목소리처럼 수정된 여러 부분으로 나뉘어진 마지막 고별 편지(3월 14일 편지)에서, 로렌초의 과도하게 첨부된 주석 등 모든 것이 사적인 개인 일기로 이어진다.

——베르테르도 같은 과정을 겪는다. 마지막 방문중에 베르테르가 샤를로테에게 거짓으로 읽어 준, 오시안의 긴 인용문이 덧붙여진다. 그러나 문학적 공상이라는 함정에 빠진 인물의 더듬거림을 어떻게 주목하지 않을 것인가. 이 죽음, 이 고별은 베르테르를 오그라뜨리는 연출, 삐걱거리는 연극의 구성 요소이다.

2. 《르네》도 유사한 방식으로 추론할 수 있다. 르네의 고백이 중단되고, 편지들(아멜리아의 편지, 수도원 원장의 편지) 등이 삽입되었으며, 샥타스나 P. 수엘이 끼어들어 발언함을 목격할 수 있다. 이는 극화되어 르네의 열정과 거리를 두는 것처럼 보인다. 우리는 다시 한 번 연출되는 것이다.

3. 연출, 연극? 희곡이 공연을 목적으로 하지 않더라도, 《맨프레드》에서 이런 사실은 해석이나 증명이 필요치 않다.

4. 마지막으로 푸슈킨의 작품에서 작가의 다양한 개입은 푸슈킨과 오네긴을 때때로 혼동케 만들거나, 푸슈킨의 아이러니 때문에 비판적인 시각으로 이 모든 모험들을 보게 되는 경향이 있다: "오네긴은 그냥 놔두자. 이제 그는 불행하다. 우리는 그를 결코 다시 볼 수 없을 것이다. 여기서 내 이야기는 끝난다. 상냥한 독자들이여 솔직해지세요. 그럴 시간이 되었지 않습니까?"(VIII, 48)

C. 출처(루소)에 대한, 그리고 장르(소설/시)에 대한 이 유희에 또 다른 요소가 첨가된다: '의식적으로' 작가들이 복제되거나 패러디되었다는 사실이다.

——샤토브리앙은 우리가 이미 지적했듯이 루소와 괴테를 초월하려 했지만, 《영국 문학에 대한 에세이》에서 동일한 샤토브리앙이 그와 바이런의 관계를 정립했다는 것을 알아야 한다: "'천재' 작가의 영향은 또한 외국에서도 느껴진다. 아마도 차일드 해럴드(그리고 맨프레드)의 시인이 얼마간 르네의 가족이라는 것을 인정함이 합당하다. 《르네》가 무엇인가를 위해 해럴드·콘래드·라라·맨프레드·르 지아우르(터키 이슬람교도가 본 이교도, 특히 그리스도교)라는 다양한 이름으로 연출된, 유일한 인물의 심연에 파고든 것이 사실이라면, 우연히 바이런 경이 그의 삶을 살도록 만들었다면…?" 이것

으로 무엇을 증명할 수 있을까? 그가 융프라우의 얼음 궁전의 아리마네에게 말을 건넬 때, 2막 4장에서 보여 주었듯이 르네처럼 맨프레드가 구름·안개·폭풍우를 사랑한다는 사실일 것이다. 또한 르네/아멜리아——맨프레드/아스타르테간의 근친상간을 기반으로, 맨프레드가 유령 같은 아스타르테에게 말을 건네는 대목(같은 책, II, 4)일 것이다. 예를 들어 126과 134절("나의 음악이 되었던 목소리")은 르네를 상기시킨다: "그의 가슴, 그의 생각과 그의 목소리는 음악회처럼 신음한다고 말했다."

　——포스콜로는 만장일치로 이탈리아의 베르테르로 소개되었다. 1802년 1월 16일 포스콜로가 괴테에게 보낸 그의 편지를 사실이라고 믿게 된다.

　——푸슈킨에게 있어 문학적 유희는 명백하다: (VII, 24: "이상하고 잔인한 초자연적인 존재인가? 하늘이, 아니면 지옥이, 내가 가는 길에 그를 놓았는가? 천사인가 악마인가? 그는 바이런의 주인공인가, 아니면 그의 패러디인가?") 그리고 독자의 사고 속에, 그는 오네긴의 모험에서 주인공 자리를 다툰다. 또한 푸슈킨은 그의 주인공과 동일시하지 않는다는 사실이 강조된다. (마지막 노래의 마지막 절: "원형 경기장에서 나와, 나를 고통스럽게 하지 않았음에도 내 하인을 물리고…… 내 머릿속에는 타티아나의 얼굴이 떠오른다." 참조.)

　내용이라는 문제가 얼마나 비켜갔는지, 얼마나 형식이 주제만큼 중요한지 알 수 있다! 낭만주의 로마네스크는 특히 상호 텍스트적 게임이다.

결 론

　——제시된 소설들은 세기의 악을 작품화한다.

　——그러나 문화적으로 드러난 형태를 통해 연출이 개입된다. ('옛

날' 형식: 서간체 소설; 새로운 형식: 시로 쓴 철학적 소설이나 희곡; 두 형식 사이에 《클레브 공녀》에 나타난 전통 분석의 관점에서 언뜻 보아 전통 소설인 《르네》가 있다.)

——그러나 좀더 가까이 보면, 개인 경쟁을 관찰할 수 있다. 작가들은 도덕적이거나 철학적이기보다는 훨씬 더 예술적인 목적으로 읽히고, 알려지고, 모방되고, 패러디된다.

작품 분석

1. 비교문학 분석은 독특하다

서론에서 이미 밝혔듯이, 비교학적 분석은 단지 이 분야에만 국한된 것이 아니라 모든 분야에 개방적이다. 프랑스 문학에서부터 살펴보자면 변화하는 것은 관점이다.

비교학적 관점

사르트르의 작품 《파리떼》의 유명한 결말부에서, 그리스뿐만이 아니라 독일의 영향을 발견할 수 있다. 이는 우연의 일치인가, 아니면 흥미로운 조합인가?

마지막 대사에서 오레스테스는 클리템네스트라와 아이기스토스의 이중 살인을 요구한다. 이 점에서 고전분석자는 "오레스테스가 실존주의자가 되었다"라는, 옛 그리스 신화의 개인적인 결론 사용을 지적하라고 암시하리라.

전통적인 의미의 원전(原典) 비평가도 이와 크게 다르지 않다. 이 비평가는 사르트르가 에우리피데스의 《엘렉트라》에서 희생양의 개념을, 소포클레스의 《엘렉트라》에서는 논쟁거리인 유산(遺産)이라는 모티프를 차용할 수 있었다고 암시할 것이다. 불안한 분위기는 아마도 아이스킬로스(그리스의 비극작가)의 《오레스테이아》의 재현인 듯하다.

　모든 것이 그럴 법하지만, 우리가 보기에 텍스트를 변형시키지는 않는다. 반대로 마지막 이미지, 최후의 극적 유희는 생소하게 보인다. 오레스테스는 예전에 쥐들의 습격으로부터 스키로스 마을을 해방시키러 온 플루트 연주자와 비교된다. 누가 그림 형제가 전한 민화(民話) 〈라텐판거〉의 모티프를 생각이나 했겠는가? 이것이 비교주의이다. (실리주의자들의 추리 방식으로는, 이 경우 동의어일지라도.) 왜냐하면 우선 사르트르가 희곡의 무대를 스키로스에서 아르고스로 설정함으로써 어느 정도 '그리스화' 했으며, 이 희곡은 독일 점령 당시 쓰여지고 공연되었다는 사항들을 지적하면 비교의 중요성이 더욱 증가하기 때문이다. 여기에 의미의 전환이 있지는 않은가? 범죄의 전염(피를 부른 범죄 또는 수치스런 공모, 부모 살해 또는 애국적 반란, 고대 또는 점령된 프랑스)이 야기한 병독(病毒)과 후회, 이것이 바로 고대와 현대, 그리스와 그림 형제의 두 신화가 현실화하고 전파한 테마이다.

　환언하면 비교주의에 의한 프랑스어 텍스트의 분석은, 사르트르 고유의 시선을 결코 잃지 않은 채 작품에 생각지 않았던 '깊이'를 더하게 된다. 지로두·아누이 또는 카뮈처럼, 거의 같은 시기의 사르트르는 현대적인 결말에 고대 신화를 접목한다: 비교주의 분석은, 이 텍스트들이 새로운 쓰기 장소로 삼은 생경한 총체적 분야를 되찾고 싶어한다.

방법적 접근: 특별한 관심

문체와 번역의 문제

《맨해튼 역》의 더스 패서스, 또는 《베를린 알렉산더 광장》의 A. 되블린이 각자 현대 도시에 대한 소설을 썼을 때, 그들은 뉴욕의 '슬랭', 베를린의 속어, 더 나아가 베를린 유대인들의 이디시어[48][동부 유럽 유대인의 언어] 등 '회화체'를 사용한다: 번역으로 이 언어 효과를 충분히 살리기는 쉽지 않다. 그러나 각 소설 내부의 울림이 같지 않다는 것은 분명하다. 그 결과 도시의 풍경과 분위기가 변한다. 극단적인 경우 작가가 고유의 언어로 쓰인 이야기를 중단하고 외국어의 도움을 받을 때, 작가가 목표한 특별한 효과를 창출할 수 있다. 《마의 산》에 한스 카스토르프와 클라우디아 차우차트가 프랑스어로 의사소통하는 유명한 장(章)[49]이 있다. 분석자는 두 인물(카스토르프는 독일인이고, 마담 차우차트는 러시아인이다) 모두에게 무관하며, 기묘한 카니발 저녁(토마스 만은 작품의 한 장을 '사바트의 밤'이라는 부제를 달았다) 한중간에 무리하게 끼어든 언어 ──그 시대의 관습에 따라 암시된 언어(우아하고 국제적이며, 동시에 사교적이라고 정평이 나 있던 프랑스어)──의 사용은 사랑과 죽음이 비견될 수 없는 표현의 절정에 달한 은유적 언어의 일부분이라는 점을 강조한다.

위의 사실은, 번역된 텍스트일 경우 실제 작품 분석에 영향을 미친다: 문체 분석은 매우 조심스럽게 이루어져야 한다. 서술 테크닉, 단순한 이미지, 어법 등의 선택이 설명될 수 있고, 또 그래야 한다면, 다양한 암시에 대한 설명은 원어(原語)에 대한 충분한 지식이 없으면 포기해야 할 방법이다.

비교의 문제

이 결론에, 비교주의는 정해진 어떤 프로그램 속의 분명한 텍스트의 삽입과 무관한 '전략적인' 문제를 체계적으로 제기할 수 있을 것이다. 예를 들어

——텍스트가 어떤 테마와 연관성이 있는가?

——어떤 역사적인 시기에 텍스트가 위치되는가?

——함축적이든 명시적이든 비교의 관점에서 통시적인 측면(다시 말해 따르거나 부추기는 '영향'이라는 문제)을 강조하는 것이 합당한가?

——동시적인, 더 나아가 '시대착오적'인 요소들(한 시대·문화·표현 양식과 관계가 있거나 없는 문제 접근 방법의 존재와 형태의 영구성)을 강조하는 것이 더 나은가?

여기서 우리가 같은 유형(동일한 접근 방식, 돌이킬 수 없는 시간 인지, 매력적이지만 병적인 사회의 환기, 대하 소설, 다성이나 단일어로 쓰여진 소설 등등)이라고, 분명 편의상 그리고 너무 빨리 지적하게 될 작품들을 M. 프루스트·J. 조이스·R. 뮈질·I. 스테보·T. 만이 저술했다는 것은 분명하다. 그들의 작품에서 발췌한 한 페이지를 분석하자면, 다양한 명칭[50]을 가질 수 있는 '주된 특징'을 구성하는 동시적인 일련의 특징들을 강조하게 된다. 예를 들어 포크너에 대한 분석에서 우리는 역제시(逆提示) 방법(조이스나 프루스트와 분명히 비교되든 아니든)을 취할 것이다: 역사적으로 포크너가 프루스트와 조이스를 알았다는 것은 분명하고, 그의 작품 속에서, 그리고 《음향과 분노》(1929) 속에서 독백의 사용, 불행한 의식의 표현, 와해된 사회 등이 발견된다. 그러나 주된 특징은 분명 '프루스트적'이지는 않다. 이런 경우에는 오히려 영향 현상의 차이와, 미국인들에게 다다르기 전 유럽의 과도기적 통과를 강조하여야 하리라.[51]

전력을 다한 비교의 잘못

인위적으로 묶어 놓은 텍스트의 선택이나 그 영역의 노예가 되어서도 안 된다. 예를 들어 위고·만초니와 푸슈킨에 관한 역사 연극에 대한 문제에, 어떤 막을 선택했든 필연적으로 셰익스피어의 영향과 라신 모델의 거부를 언급하게 될 분석은 안 된다. 반대로 《보리스 고두노프》에서 발췌한 분석은 좀더 서정적이고 부드러운 장면에 대해, 푸슈킨의 매우 고전적인 영감(靈感)과 러시아 사람들이 다른 곳에서 높게 평가하듯[52] 매우 기품 있는 요소들을 간직한 그의 문체를 강조하여야 한다. 문제 접근 방식에 너무 골몰한 분석자가 불분명하게 장르의 혼동을 평가하는 일도 또한 몹시 위험하다. 위고의 작품 속에는 끊임없이 기괴함이 숭고함과 근접하지만, 《쇼베 씨에게 보낸 편지》에서 만초니의 매우 조심스런 개량주의는 《'크롬웰' 서문》에서 그렇게 줄기차게 요구된 이 희극성을 비난한다.[53] 그 결과 우리는 비교문학사의 공통점과 경직된 사고, 너무 분명한 목차를 갖게 될 것이다.

그릇되게 철두철미하기를 원한다

비교문학 분석에서 프랑스 문학 텍스트의 모든 측면이나 단락, 모든 단어에 온통 관심을 쏟아서는 안 된다. 이는 흔히 상당히 긴 텍스트, 더 나아가 한 장이나 한 막 전체가 제시된다는 점에서 더욱 그렇다. 이런 경우 거대한 제시문 때문에 실수하거나 다른 순서로 제시되었고, 텍스트의 한 부분에 한정된 둘 내지 세 가지 주제 사이를 갈팡질팡하며 분석할 위험까지 있다.

그래서 예를 들어 지드의 《사전꾼들》에서, 작가가 작품의 인물들 중 한 사람을 통해 말했듯이 "'푸가〔둔주곡〕의 예술'과 같은 어떤 것"[54]을 시도했다고 하더라도, 그 결과 바흐의 음악이 소설의 '주된 특징'을 매우 잘 표현한다고 할지라도, 이 텍스트의 발췌문을 분석하면서 푸가의 움직임과 구성 요소를 찾으려는 것은 잘못이다.

반비교주의에서 비교주의로

좀더 확실히 하기 위해, 한 예에서 출발하자. '시인과 광기'라는 주제를 갖고 횔덜린의 한 텍스트를 분석해 보자. (횔덜린 외에 랭보·캄파나 등의 다른 텍스트들도 참고하라.)

[텍스트]

Wie wenn am feiertage…

Wie wenn am Feiertage das Feld zu sehn
Ein Landmann geht, des Morgens, wenn
Aus heisser Nacht die kühlenden Blitze fielen
Die ganze Zeit und Fern noch tönet der Donner,
In sein Gestade wieder tritt der Strom,
Und frisch der Boden grünt
Und von des Himmels erfreuendem Regen
Der Weinstock trauft und glänzend
In stiller Sonne stehn die Bäume des Haines:

So steht ihr unter günstiger Witterung
Ihr die kein Meister allein, die wunderbar
Allgegenw rtigäerziehet in leichtem Umfangen

Die Mächtige, die göttlichschöne Natur.

Drum wenn zu schlafen sie scheint zu Zeinten des Jahrs

Am Himmel oder unter den Pflanzen oder den Völkern,

So trauert der Dichter Angesicht auch,

Sie scheinen allein zu sein, doch ahnen sie immer.

Denn ahnend ruhet sie selbst auch.

Jetzt aber tagts! Ich harrt und sah es kommen,

Und was ich sah das Heilige sei mein Wort.

Denn sie, sie selbst, die älter denn die Zeiten

Und über die Götter des Abends und Orients ist.

Die Natur jetzt mit Waffenklang erwacht,

Und hoch vom Äther bis zum Abgrund nieder

Nach festem Gesetze, wie einst, aus heiligem

Chaos gezeugt,

Fühlt neu die Begeisterung sich.

Die Allerschaffende wieder.

Und wie im Aug'ein Feuer dem Manne glänzt,

Wenn hohes er entwarf: so ist

Von neuem Zeichen, den Taten der Welt jetzt

Ein Feuer angezündet in der Seele der Dichter.

Und was zuvor geschah, doch kaum gefühlt,

Ist offenbar erst jetzt,

Und die uns lächelnd den Acker gebaut,

In Knechtsgestalt, sie sind bekannt, die

Allebendigen, die Kräfte der Götter.

Erfragst du sie? Im Liede wehet ihr Geist,
Wenn es von Sonn'des Tags und warmer Erd
Entwächst, und Wettern, die in der Luft, und andern
Die vorbereiter in Tiefen der Zeit
Und deutungsvoller, und vernehmlicher uns
Hinwandeln zwischen Himmel und Erde und unter den
Völkern.
Des gemeinsamen Geistes Gedanken sind
Still endend in der Seele des Dichters.
Dass schnellbetroffen sie, Unendlichem
Bekannt seit langer Zeit, von Erinnerung
Erbebt, und ihr, von heilgem Strahl entzündet,
Die Frucht in Liebe geboren, der Götter und Menschen
Werk
Der Gesang, damit er von beiden zeuge, glückt.
So fiel, wie Dichter sagen, da sie sichtbar
Den Gott zu sehen begehrte, sein Blitz auf Semeles
Haus
Und die göttlichgetroffene gebar,
Die Frucht des Gewitters, den heiligen Bacchus.

Und daher trinken himmlisches Feuer jetzt
Die Erdensöhne onhe Gefahr.
Doch uns gebührt es, unter Gottes Gewittern,

Ihr Dichter! mit entblösstem Haupte zu stehen,
Des Vaters Strahl, ihn selbst, mit eigner Hand
Zu fassen und dem Volk ins Lied
Gehüllt die himmlische Gabe zu reichen.
Denn sind nur reinen Herzens,
Wie Kinder, wir, sind schuldlos unsere Hände,
Des Vaters Strahl, der reine versenkt es nicht
Und tieferschüttert, eines Gottes Leiden
Mitleidend, bleibt das ewige Herz doch fest.

휴일처럼

휴일, 농부가
새벽부터 밭을 보러 간다.
청명함의 사신인 번개가 끊임없이 치던
타는 듯한 밤이 지난 후; 멀리 천둥이 또다시 울린다.
그리고 대하가 강으로 흘러들고,
서늘해진 대지는 다시 푸르러지고
하늘의 은혜로운 빗속에
포도 그루터기가 넘쳐나고, 목동의 나무가
평온한 태양 아래 빛난다.

내가 너희들을 보는 것처럼, 온화한 기후 속에,
너희들은 단순히 한 주인에 의해 길러진 것이 아니라,
신비하고 아름다운 그리고 강한 자연의

부드러운 애무와 기적적인 현존에 의해 길러진 것이다.
또한 하늘이나 식물들 사이 또는 사람들 중에
잠든 것처럼 보이는 계절에도
시인의 얼굴은 그것처럼 슬퍼진다;
시인은 혼자인 듯하지만 항상 미래를 예감한다.
자연도 또한 예시의 수면을 취하기 때문에.

그러나 지금은 낮이다! 나는 기다렸다, 낮이 오는 것을 보았다.
이 신비한 광경이 내 언어에 영감을 주기를:
동양과 서양의 신들보다 더 위대하고
모든 시대보다 더 고대(古代)인 자연 자신이
총포 소리에 잠이 깨기 때문에,
그리고 저 높은 창공으로부터 심연의 깊은 곳까지,
예전에 신성한 혼돈에서 태어났던 것처럼, 단호한 법칙에 순응
하는
창조자의 환희가,
다시 생성되고, 새로워짐을 느낀다.

그리고 위대한 의도(意圖)를 품은,
인간의 시선 속에 불꽃이 타오르는 것처럼
이 새로운 징표, 이 현재의 고상한 행위들은
시인의 영혼에 불꽃을 피운다.
그리고 우리가 겨우 그 의미를 추측하는, 모든 일어났던 일은
이제 마침내 그 모습을 드러낸다.
그리고 미소를 띠고, 노예로
가장한 채, 우리의 밭을 경작했던 것들 속에서,

우리는 이제
모든 신들의 살아 있는 힘을 느낀다.

그들이 어디 있는지 너는 묻는 거니? 그들의 입김이 시(詩) 속
에 흐른다.
이 시는 한낮의 태양에서, 식어 버린 대지에서,
공기의 폭풍우 속에서, 그리고 다른 폭풍우들
시간의 심연 속에서 더 멀리 준비되었으며,
우리 영혼 속에 더 접근 가능하며, 더 많은 의미를 품은,
하늘과 땅 사이를 그리고 사람들 사이를 돌아다니는 폭풍우들
속에서 태어난다.
모두에게 공통적인 영혼의 사고는
시인의 영혼 속에 침묵하며 자란다.
그리고 갑자기 깨어났지만, 오래 전부터 무한(無限)과
친숙한, 그들의 영혼이 이 추억에 몸부림치고,
천상의 번개로 잉태된 열매를 생산한다.
이는 사랑의 결실이며, 인간과 신의 작품이라는,
이중의 표시를 지닌 시이다.
시인들이 말하길, 이렇듯 세멜레는
신을 자신의 눈으로 보길 원했으므로,
번개가 그녀의 처소에 내리쳤고,
신에게 맞은 그녀는 세상에
폭풍우의 열매, 신성한 바코스를 낳았다.

그래서 대지의 아들들은 그때부터
안전하게 하늘의 불을 마실 수 있었다.

그러나 하느님의 폭풍우 아래 목청 높이는 것,
우리 손에 아버지의 번개, 불 그 자체를 잡는 것,
우리의 노래로 뒤덮어
인간에게 신의 능력을 선사하는 것은
우리 시인들이 할 일이다.
왜냐하면 우리의 마음이 순수하다면
아이의 마음처럼, 그리고 우리의 손이 순결하다면,
아버지에게서 온 번개는 전혀 그 몫을 하지 못할 것이며,
신의 고통을 체험하고, 마음 깊숙이까지 감동한
우리의 영원한 마음은 전혀 동요하지 않을 테니까.

휠덜린, 〈마지막 찬가〉, 번역 주느비에브 비앙키, 오비에 출판사, 1942.

[예비 독서]

'순진한' 첫번째 읽기

분명 거의 매절마다 등장하는 불과 폭풍우라는 다양한 표현에 주의를 기울였으리라. (1절에서는 천둥과 번개; 3절에서 맑은 하늘이며, 고대인들에게는 타는 듯한 창공; 마지막 절의 불·번개·폭풍우.)

한편 이것은 전적으로 수태중인 대지, 한순간 수면을 취한 후 갑자기 깨어나 풍요로워진 자연의 신비와 시인의 비교를 바탕으로 쓰여진 시이다.(첫번째 독어 wie: 처럼, 같은 참조) 이 비교는 매우 분명하게 시적 영감의 기적을 목표로 삼는다: "그러나 지금은 낮이

다! 나는 기다렸다, 낮이 오는 것을 보았다; 이 신비한 광경이 내 언어에 영감을 주기를!"

그 결과 다섯번째 절에서 술의 신이며, 야성적이고 즉흥적인 시적 영감의 신 바코스의 이야기가 이어진다.

그러나 이 암시는 바로 외국인의 출현이 아닌가? 그리스 신화의 인용은 특히 비교학자가 관심을 보일 어떤 '의미'를 숨기는 것은 아닌가?

두번째 읽기

이번에는 독일어의 특징, 문학사와 전기(傳記)적 특징이 첨가된다. 독일 문학의 전문가는 시가 1801년에 쓰여진 점을 밝힌다. 게다가 이 날짜는 무의미하지 않다: 한편으로 시인이 유럽을 천둥처럼 뒤흔든 프랑스 혁명의 신사조(新思潮)에 열광하던 순간이며, 다른 한편으로 시인이 광기·병(病)의 세상으로 거의 빠져들던 시기이며, 두 곳에서 가정교사로 일하면서 절망을 느끼던 여름이기도 했다.

더욱이 게르만계 학자는 당시 독일에서 일반화되었으며, 괴테·실러와 바이마르의 고전주의가 보란 듯이 증거하던 헬레니즘의 흐름을 상기시키리라. 횔덜린도 또한 이런 관점에 동조하여, 독일 시 운율 형태(핀다로스풍의 허황스러운 서정시 형태의 모방)와 그리스 신화의 사용으로 이를 증명한다. 이런 독서들을 통해 진정으로 본질적인 작품 분석을 할 수 있을까?

실제로 횔덜린과 바이마르의 고전을 너무 접근시키는 데는 몇 가지 위험이 따른다: 이것은 원어(原語)에서는 열정적인 동시에 투박한(구두점, 독창적인 구조, 불규칙하고 헐떡거리는 듯한 리듬) 시를 규격화시키는 것과 같다. 그러나 이 또한 언어학적으로나 역사적으로 한 어족(語族)과 비교하여 관찰된, 텍스트의 '기이함'의 일부가

된다.

게다가 신화(바코스의 모티프)와 자연의 은유가 서로 이어지며 발전되는 방법에 주의해야 한다. 수많은 고전 시들과 달리, 바코스에 대한 암시는 단순한 수사학적 장식이 아니다. 특히 휠덜린이, 그녀 자신도 번개를 맞아 죽으며 낳은 바코스 신의 어머니 세멜레를 인용하여 신화를 명시했기 때문에 더욱 그렇다. 강조하는 방식에 다시금 이상스런 어떤 것이 있다.

역설적으로 순수한 고증학적 연구는 비교학의 지원군이 된다. 왜냐하면 그리스 작가들을 감탄할 만큼 잘 아는 휠덜린이 분명히 핀다로스를 기억하고 있음을 알려 주기 때문이다. 《올림피아 송가》(핀다로스의 올림픽 승리가)의 제2편, 《피티아 송가》(핀다로스가 쓴 델포이의 아폴론 제전 경기 축가)의 제3편도 또한 세멜레와 바코스의 신화에 대해 언급한다. 순전히 현학적인 근거인가?

십중팔구 아니다. 항상 1799년 여름과 겨울에 휠덜린은 바코스와 세멜레의 이야기이며, 또한 세멜레의 친척인 펜테아가 희생양이 된 제전의 이야기인 에우리피데스의 《주신 바코스의 시녀들》을 번역하고 있었음이 고증학으로 밝혀진다. 비유적인 의미에서 텍스트의 기이함(즉 낯선 원전, 헬레니즘)은 분명 있는 그대로의 기이함(부자연스러운 요소, 엄숙한 어조), 그리고 풍요함과 잉태에 집중된 이미지와 관계가 있다는 것이 이런 조건에서 밝혀진다.

결정적인 행보: 주요 특징을 찾아라

휠덜린의 경우 가능한 주요 특징은, 이 시가 그 표현들 중의 하나가 될 신화와 상관된 광기의 시학일 것이다.

비교학자는 그의 분석에서, 문헌학·역사(전기)·문학사의 측면들을 종합한 결론을 내릴 것이다. 그는 상황의 차원에서(이것은 문자 그대로 믿음과 걱정이 가득한 혁명시이다; 마지막 절: "하느님의 폭풍우 아래 목청 높이는 것, 우리 시인들이 할 일이다"), 그리고 초월적인 차원에서 분석을 전개해 가리라. (고대부터 바코스의 신화는 운문 신화의 표현 중의 하나였다. 니체가 훌륭하게 말한 것처럼,[55] 시인은 디오니소스/바코스 신의 '광인'이다. 오르페우스·펜테아처럼 그는 인간의 무리에게 운명지어진 구원의 메시지를 전달하기 위해, 예술을 위해 자신의 목숨을 바치는 속죄의 희생양으로 쓰여질 수 있다.) 문학사에서 인접한 참고 자료들(플라톤과 롱사르의 '열광,' 희생된 시인, 펠리칸이나 알시옹(그리스 신화에서 바다 위에 둥우리를 띄우고 알을 부화시키기 위해 풍랑을 가라앉힌다고 여겨지는 전설의 새), 낭만주의자들)은 쉽게 발견된다. 횔덜린은 단지 개인 경험, 즉 광기의 체험을 덧붙일 뿐이다. 1801년 12월 4일 제시된 시보다 약간 후에 쓰여진 그의 친구 뵐렌도르프에게 보낸 아름답고 유명한 편지에 표현한 것처럼, 시인은 이 경험을 전격적인 영혼의 스침, 바코스 신의 방문과 동일시한다.

[목차 초안]

예비 독서를 마치면, 이제 목차의 근간이 될 밑그림을 그릴 수 있다.

서론: 바코스 신화의 출현으로 암시된 오르페우스식 해석으로 독자를 안내하는 것이 좋다. 오르페우스주의는 실제로 예언적이고 영감을 불러일으키는 시를 의미한다. 이는 돌이킬 수 없는 광기의 체험을 통해 시인이 주장하는 시의 개념이 된다.

1. 시란 무엇인가? 단어, 일련의 이미지.

오드(抒情短詩)는 불·폭풍우·자연이라는 어휘들의 힘과 그 사용빈도를 통해 표현된다.

특히 은혜로운 비(1절), "인간의 시선 속에 타오르는" 내부의 불꽃(4절)의 이미지를 강조하라. 왜냐하면 그것들이 집단 의식의 편향적인 도식의 일부분(그리스도교에서 성령의 '불' 참조)일 뿐만 아니라 신(神)적인 시인들, 저 너머 세상의 탐구자들의 계보에서 널리 퍼진 이미지이기도 하기 때문이다. (랭보의 〈망상 II〉에서의 태양/화재/광기, 네르발의 《오렐리아》에서의 천체들의 무도, 그리고 예비 독서에서 이미 언급한 것처럼, 핀다로스나 에우리피데스에게서 빈번하게 출현하는 태양/화재의 이미지 참조.)

2. 시란 무엇인가? 여전히 개인적인 희망 그 이상이다. 이 시는 프로그램이 아닌가? 격렬함(일반적으로 특별한 경험, 감동적인 순간을 뜻한다)을 의미하는 여러 종류의 우회로 표현된 소망인가?

——비교급의 빈번한 사용, 형용사나 복합 단어의 사용(독일어 원문 확인): 예를 들어 "die Allebendigen" 또는 "Dass schnell-betroffen sie, Unendlichem/Bekannt seit langer Zeit" 등(5절) 같은 표현, 마치 믿음의 강도가 너무 커서 일상적인 언어로는 더 이상 만족할 수 없는 듯하다.

——순수함, 어린 시절, 시작을 뜻하는 의미 영역: "fühlt neu die Begeisterung sich, die Allerschaffende wieder. Und wie im Aug'ein Feuerädem Manne glänzt/Wenn hohes er entwarf: so ist/von neuem Zeichen"(4절) 또는 마지막 구 "Wie Kinder……" 등.

——부자연스러운 문장 구조와 풍부하고 대조적인 구두점.

만약 언젠가 광적(狂的)인 글쓰기와 그 구문론적 수렴의 문제를 다룬다면, 이 점을 심층 연구할 수 있을 것이다. 그러나 우리가 보기에는 이 '우회'가 '종족의 언어에 더 순수한 의미를 부여하고' 싶은 시의 야심, 영감의 신비를 표현하는 반복적인 방법들 중의 하나라는 점을 지적하는 것이 더 중요하다. 이 점에서 횔덜린을 아폴론적인 괴테·실러 및 바이마르와 분명히 구분할 수 있는 만큼 랭보나 말라르메의 대비는 더욱 절실히 요구된다.

3. 마지막으로 이 텍스트는 시(詩)가 개인적인 경험이라는 점을 밝힌다.

——(오르페우스의 전통 신화가 시사하는 것처럼, 그리고 광기가 그런 것처럼) 내세의 한계를 넘나드는 경험, 여기서 이 경험은 은유(2절과 5절의 발아, 풍요로운 배태)에 의해, 세멜레 신화의 수렴을 통해 연상된다. 그러나 그리스를 참조하는 것이 신화의 열정적인 '개인화,' 고통스런 재현실화와 얼마만큼 동등한가를 증명하는 집약적인 횔덜린의 다른 텍스트들도 상기할 수 있다.(〈유일자〉——〈유일〉——또는 〈파트모스〉 참조)

——운명적인 동시에 메시아적인 경험; 바코스의 신화는 다른 곳에서 달리 해석되는가? 예언자처럼 시인은 다른 곳, 내세, '외부'에서 온 목소리일 뿐이라는 6절: "하느님의 폭풍우 아래 목청 높이는 것, 우리 시인들이 할 일이다" 참조.

결론적으로 각 텍스트는 다양하게 해석될 수 있다는 것을 상기하자. (위의 텍스트에 대한 하이데거[56]의 유명한 해석이 그 증거이다.) 그러나 비교주의자의 속성은 텍스트에서 이상함을 부각시키려는 야심이다. 여기서 이 이상함은 밝혀야 할 바코스와 세멜레의 암시에서 유래된다. 암시는 광기의 경험과 만나고, 이것들은 문학의

어떤 영역을 구분한다. 비교학자는 십중팔구 누구보다도 이 분류와
이 즉흥적인 재편성을 관리하기 위해 적합한 근거를 갖고 있다.

ㄹ· 형식화

대학 1학년에서 학사를 거쳐 현대 프랑스 문학 교수자격 시험까
지 이런 종류의 연습을 시키지 않는 시험 과목은 거의 없다. 게다
가 논리 분석은 일반 수업에서 필기는 물론 구두 시험에서도 시행
되고 있다.

전체 규칙은 논술과 같은데, 단지 논리 분석은 한 주제가 아니라
한 텍스트를 바탕으로 논술한다는 그 차이이다. 이에 이미 앞에서
설명한 지침들과 비교해 몇 가지 밝혀두어야 할 사항이 있다.

서 론

머리말

논술과 마찬가지로 머리말은 텍스트를 소개하기 위해 사용된다.
즉 분석의 방법이 아니라 텍스트 중심부의 일반적인 사고(思考) 순
서를 제시한다. 작가·작품의 장르 등에 대한 고찰일 수 있다. 특히
"이 텍스트는……"이라고 시작하지 말자.

텍스트의 자리매김

텍스트는 작품(전집에서의 위치, 장)에서 뿐만 아니라 작품의 구
조, 극적인 변화와 연관하여 자리매김되어야 한다. 중편 소설이나
시집의 발췌문은 (매우 간략하게) 전의 내용과 그 다음의 내용을 설

명하는 것이 좋다.

접근 방식이나 주제

이 또한 중요하다. 논술 접근 방식이 논제 개념들간의 충돌과 분석에서 유출되는 것처럼, 작품 분석의 접근 방식은 미리 초고지에 한 줄 한 줄 연구한 텍스트의 다양한 요소들의 상관 관계로부터 출발해야 한다. 다시 말하면 작품 분석의 방식은 어떤 경우든지 텍스트의 전체 '주제'가 아니라, 오히려 논리적인 작품 해석의 근간이 되는 관점인 것이다. 논술에서처럼 완전히 만들어진 주제에 대해 숙고하는 대신 어떤 의미로 수험생 자신이 자신의 접근 방식, 즉 고유의 주제를 정해야 하는 것이다. 그래서 질문의 형태(꼭 절대적인 것은 아니지만)로 접근 방식을 구성하는 것이 바람직하다. 이렇게 함으로써 텍스트의 역할에 대해 질의하고, 역동적이어야 할 방법 대신 설명적이고 너무 경직된 방법을 피할 수 있다. '무엇'이라는 질문보다는 '어떻게'라는 질문을 사용하자.

마지막으로 구분되어 제시된 모든 텍스트는 고유의 접근 방식을 갖는다는 것을 잊지 말자. 교과의 제목은 접근 방식으로 사용될 수 없다. 가장 좋은 방법은 텍스트 자체를 연구하는 것이다.

목차 예고

작품 분석의 순서를 의미한다. 논술의 경우처럼 목차의 다양한 연결부를 가능한 한 분명하게 알리도록 노력해야 한다.

목 차

목차는 텍스트의 특이성과 독자의 원칙에 따라 결정되므로, 당연히 목차의 한 모델을 제시하는 것은 불가능하다. 여기서 유연성은 더 크다: 규칙은 항상 균형적이므로 각 부분간의 대칭과 반향을 정리할 수 있다면, 두 부분의 목차를 만들 수 있다. (텍스트의 특성상 가능하다면) 적어도 조합과 텍스트의 흐름 연구에 하나의 하위 목차를 준비해야 한다. 그러나 꼭 그래야 하는 것은 아니다. 핵심은 연결 부분을 강조하며, 구조에 초점을 맞추는 것이다. 이때도 또한 부분 서론과 결론이 철저히 제시되고 강조되어야 한다.

이 단계에서 빈번한 두 가지 실수를 지적하자:

——첫째, 초보자들에게 주로 나타나는 실수로 불충분한 도안을 따라가는 것이다. 우선 텍스트를 자리매김한다는 핑계로 작가의 삶을 이야기하고, 그의 작품들을 열거하고, 그 내용이나 그전의 모든 배경을 요약하는 것으로 시작한다. 이어 논리 진보를 신경 쓰지 않고, 자칭 문제가 되는 단락을 연결하는 주제들을 늘어놓는다. 마지막으로 충분히 설득력이 있는 고증학적 연구에 바탕을 두지 않기 때문에 대체적으로 부적절한 비교에 착수한다. 작품 분석은 자료의 열거가 아니다. 독립적이고 조직된 전체를 이루어야 하고, 비교를 정당화해야 한다.

——좀더 상위의 학생들에게 흔히 나타나는 두번째 실수는 완전히 만들어진 도식이나, 교과 과정의 문제를 구성하는, 요약된 접근 방식을 텍스트에 끼워맞추고 싶어하는 것이다. 바르트나 즈네트에게 중요한 메커니즘을 발견하기 위해 전력을 다하기 때문에, 또는 '상상의 인류학적 구조'나 그레이마스의 현상적인 도식을 온 힘을 다해 찾기 때문에 얼마나 많은 잘못이 저질러지는지! 우선 텍스트의 본질을 파악하는 것이 중요하다. 소설의 한쪽 또는 한 장이 필연적으로 통속 소설의 구조를 따르는 것은 아니다. 연극의 한 장면이 꼭 입문 과정의 예시는 아니다. 시는 상호 텍스트적인 어렴풋한

기억의 모자이크는 아니다! 다시 말하자면, 잘못 관찰된 일반 문학 해석이 특별한 텍스트에 관한, 글자 그대로 문학적인 연구를 해(害)할 수 있다.

3. 다양한 비교문학 분석

여러 가지 분석이 존재한다:

——비교 작품 분석은 한 텍스트에 적용될 수 있다. 다음에 보게 될 실례 중에서 더스 패서스·셀린 또는 조이스의 텍스트를 통한 분석이 그 경우이다.

——번역된 텍스트에 대한 분석일 수도 있다(일반적으로 제1기[대학 1·2학년 과정]의 경우)——여기서 더스 패서스·조이스의 번역들을 다룰 수 있다——그러나 원어로 쓰인 텍스트를 통해 이루어질 수도 있다: 학사[대학 3학년] 과정에서 이런 야심을 펼쳐 볼 수 있으리라.

——여러 텍스트에 동시에 적용시킬 수도 있다. 이 책의 마지막 예가 될 루카인과 위스망스의 텍스트처럼 이런 경우, 텍스트들의 비교 분석이 된다.

——마지막으로 분석하게 될 텍스트들의 분량이 다양하다. 제1기에서는 예를 들어 시의 경우 30행 내지 그 이하이며, 교수자격 시험의 구두 시험에서처럼 연극·소설의 몇 페이지나, 더 나아가 한 장이 될 수도 있다.

한 텍스트에 적용한 비교주의 작품 분석의 실례

다음에 '도시의 로마네스크적 표현'이라는 제목 아래 모아진 두 작품의 발췌문이 있다. 여기서 도시는 뉴욕이다. 이 비교 연구의 요지는 동일한 도시에 대한 두 가지 시선, 국내의 시선과 이방인의 시선을 대립시키는 것이다.

【텍스트 1】

존 더스 패서스, 《맨해튼 역》, 모리스 에드가 쿠엥드로 번역, 1928, 갈리마르, 폴리오, pp.20-23.

II. 메트로폴리스

바빌론과 니네베가 있었다. 이 도시들은 벽돌로 지어졌다. 아테네는 대리석과 황금 기둥으로 만들어졌다. 로마는 석재로 된 대형 둥근 천장을 기반으로 했다.

콘스탄티노플에는 황금 뿔 주위에, 거대한 촛불처럼 이슬람교 사원의 첨탑이 불타고 있다……. 철·유리·벽돌·콘크리트는 마천루의 재질들일 것이다. 폭풍우 너머 하얀 구름꼭대기에, 피라미드 위의 피라미드, 찬란하게 빛나는 좁은 섬에 싸여 있는, 수천의 창문을 가진 거대한 건물들이 세워질 것이다.

뒤에서 문이 닫혔을 때, 에드 대처는 쿡쿡 쑤시는 통증 같은 외로움을 느꼈다. 수지가 이곳에 있었으면 그가 모으게 될 모든 재산에 대해, 어린 엘렌을 위해 저축은행에 매주 입금할 수십 달러에 대해 그녀에게 말하련만. 1년에 5백20달러가 될 거고, 10년이면 이자를 계산하지 않더라도 5천 달러 이상이 되련만. 5백20달러에 대한 4퍼센트의 복합이자를 계산해야 한다. 매우 불안해져, 그는 방안을 왔다갔다한다. 가스 전등은 고양이처럼 편안하게 그릉거린다. 석탄 양동이 옆의 바닥에, 수지를 병원에 데려가기 위해 택시를 잡으러 뛰어나가느라고 던져 놓은 신문의 머리기사가 눈에 들어왔다.

모턴, 뉴욕 확장에 대한 법령 조인(調印)
뉴욕을 세계 제2 메트로폴리스로 만들 작업 완성

그는 큰 한숨을 내쉬고, 신문을 구겨 탁자 위에 놓았다. 세계 제2 메트로폴리스…….

온티오라에 있는 꾀죄죄하고 답답한 가게에 나를 머물게 하고 싶으셨던 아버지! 수지가 없었다면 아마도 나는 그렇게 했을 것이다. 선생님들, 오늘 저녁 저를 귀댁의 일원으로 받아들이는 각별한 영광을 베풀어 주신다면, 저는 당신들에게 저의 어린 딸과, 제 은인인 아내를 소개하고 싶습니다.

벽난로에 절을 하는 통에, 그의 웃옷자락이 책꽂이 가까이 있는 콘솔 위의 사기로 만든 인형을 떨어뜨렸다. 그는 그것을 줍기 위해 몸을 숙이며, 혀를 가볍게 찼다. 파란 사기로 된 네덜란드 소녀의 머리는 몸에서 분리되었다.

"불쌍한 수지가 좋아했던 장식품인데! 자러 가는 것이 더 낫겠다."

그는 창문의 새시를 열고 몸을 숙였다. 길모퉁이에서 증기열차가 소리를 내질렀다. 석탄 냄새가 코를 찔렀다. 길의 오른쪽과 왼쪽을 보며 오랫동안 창문에 기대어 있었다. 세계 제2 메트로폴리스. 벽돌 집, 가로등의 희미한 불빛, 앞집의 계단에서 장난치며 싸우는 아이들의 소리, 경관의 규칙적이고 단호한 발소리는 그에게 행진하는 군인과 같은, 방책 아래 허드슨 강을 올라가는 바퀴 달린 배와 같은, 크고, 매우 하얗고, 기둥이 빼곡한, 장엄하고 화려한 어떤 것을 향해 긴 여정을 떠나는 선거 행렬과 같은 움직임을 느끼게 했다. 메트로폴리스.

갑자기 누군가 길 쪽에서 달리기 시작했다. 헐떡거리는 목소리가 외쳤다.

"불이야!"

"어디?"

앞집 계단 위의 꼬마들이 사라졌다. 대처는 방으로 돌아왔다. 질식할 정도로 더웠다. 미치게 나가고 싶었다. 가서 자야 할 텐데. 길을 따라 내려가는 장화발 구르는 소리와 격한 소방 펌프 소리가 들렸다. 잠깐 가서 보고 오자. 그는 손에 모자를 들고 계단을 내려갔다.

"어느쪽이지?

——내려가다 보면 첫번째 블록이오.

——하숙집이에요."

좁은 창문이 있는 10층짜리 건물이었다. 계단을 세워 놓았다. 작은 불꽃 얼룩이 진 갈색의 연기가 낮은 창문에서 수없이 피어오르고 있었다. 세 명의 경관이 앞집의 난간과 계단으로 구경꾼들을 밀어내기 위해 방망이를 휘두르고 있었다. 길 중앙에, 빈 공간에는 호스가 있는 빨간 자동차와 펌프가 구릿빛으로 빛나고 있었다. 구경꾼들은 움직이는 그림자와, 흐릿한 미광이 빛나는 위쪽 창문을 조용히 보고 있었다. 가는 불기둥이 로마 촛대처럼 집 위에서 빛나기 시작했다.

"환기통."

한 남자가 대처의 귀에 속삭였다.

바람이 불자 연기와 타는 천 냄새가 길가에 가득했다. 대처는 갑자기 불편함을 느꼈다. 연기가 옅어지자 그는, 한 창문의 가장 자리에 달라붙어서 손으로 매달려 있는 사람들이 서로에게 발길 질하는 것을 보았다. 다른 쪽에서, 소방수들은 여자들이 사다리로 내려오는 것을 도와 주고 있었다. 건물 중심부의 불꽃이 더욱 강하게 타올랐다. 무엇인가 검은 것이 한 창문에서 떨어졌고, 보도 위에 누워서 울부짖었다. 경찰들이 구경꾼들을 블록 양쪽으로 물러나게 했다. 새로운 소방대가 도착했다.

"집안에 5개의 경보기가 있어요. 이것에 대해 어떻게 생각하세요? 위 두 층의 모든 사람들이 갇혀 있었어요. 방화범이 그런 거랍니다. 정말 못된 방화범이에요!"

한 남자가 말했다. 한 남자가 가로등 가까이 보도 가에 멍하니 앉아 있었다. 구경꾼에 밀려, 대처는 그 사람 가까이 다가가게 되었다.

"이탈리아 사람이에요.

──그의 부인이 집안에 있어요.

──경관들이 그가 다가가는 것을 원치 않아요. 그의 부인은 임신중이래요. 영어를 못해서 경관들에게 물어보지 못해요."

그 사람은 옷핀으로 뒤를 묶은 파란 멜빵을 매고 있었다. 그의 등이 올라와 있었고, 때때로 아무도 이해하지 못하는 소리로 중얼거렸다.

대처는 군중들을 헤치며 나아갔다. 길모퉁이에서, 한 남자가 화재 경보기 상자를 조사하고 있었다. 대처가 그를 스쳐 지날 때, 그 남자의 옷에서 석유 냄새가 났다.

남자가 웃으면서 그를 정면으로 쳐다보았다. 그의 빛나는 눈은 머리와 거의 맞닿아 있었고, 그의 뺨은 번들거리고 축 늘어져 있었다. 대처는 손과 발이 순식간에 얼어붙는 것을 느꼈다.

방화범이다! 그들이 상황을 살피기 위해 그렇게 주위를 어슬렁거린다고 신문은 말한다. 그는 재빨리 집으로 돌아왔다. 뛰어서 올라와 문을 잠갔다. 방은 평온하고 비어 있었다. 수지가 그를 기다리기 위해 그곳에 있지 않다는 것을 그는 잊었다. 그는 옷을 벗기 시작했다. 남자의 옷에서 나던 석유 냄새를 잊을 수 없었다.

[모범 답안]

서론: 《맨해튼 역》에서, 도시의 삶은 피상적이라는 것을 지적하기 위한 것처럼 다른 의도로 이루어지는 사람들의 만남, 사랑할 수 있었을 것 같은 스쳐 지나간 존재들 등, 도시는 흔히 우연한 만남의 장소이다. 그러나 또한 텍스트들간의 '만남,' 텍스트적 '우연들'이 있다. 그래서 '메트로폴리스'라는 장의 도입부인 이 단락에서 어린 소녀의 아버지이며, 재산의 증식을 꿈꾸는 에드 대처라는 한 남자와 도시의 확장을 예언하는 신문 텍스트와의 만남, 2부 7장('유람열차')에서 화재의 희생자 스탄의 죽음의 순간에 재발견하게 되는 머리말과 바로 그 화재를 이야기하는 첫장의 만남이 이루어진다. 텍스트의 표면적인 이질성은 그래서 독서의 다양성과 가능한 의미들을 숨기고 있다. 게다가 가능한 독서의 다양성은 운명이라는

개념의 모호성과 연결된다. 실제로 한 남자의 운명과 한 도시의 운명이 이 텍스트에서 동시에 다루어진다. 그런데 어떤 운명을 말하는 것인가? 머리말의 모호한 위치를 통해, 이 운명은 번영이 아니라 파괴라고 생각할 수 없지 않은가? 결국 이 텍스트에서 꿈과 현실 그리고 텍스트의 자체 구조 속에, 달리 읽혀야 할 운명에 대한 생각과 도시의 차이를 발견하게 된다.

I. 꿈꾸는 운명: 1차원적 독서

A. '세계 제2 메트로폴리스'

법령 텍스트에서 도시를 지칭하는 방식은, 뉴욕을 머리말에서 예시한 전설적이고 역사적인 계보의 반열에 놓는다.

——신화적 기원: 역사적으로 존재하였지만 그 운명이 성서적 전설과 혼동되는 바빌론과 니네베.

——역사적 연속성: 새로운 재질을 통한 진보라는 시각의 아테네·로마·콘스탄티노플 등 역사 속의 대메트로폴리스.

게다가 이것은 분명히 그가 아는 '벽돌 집'의 도시에서 "크고, 매우 하얗고, 기둥이 빼곡한, 장엄하고 화려한 어떤 것"을 향한 움직임을 상상하는 에드의 꿈이 나타내는 두 양상의 종합과도 같다. 에드는 이렇듯 도시를 역사적이고 신화적인 운명의 계승자처럼 생각한다. 그리고 모턴 법령 텍스트가 에드의 눈에 띈 것은 우연이 아니다. 왜냐하면 이 텍스트에는 도시의 운명과 개인의 운명의 만남과 합치가 있기 때문이다.

B. 에드 대처의 '발자크적' 꿈

에드 또한 '확장': 재산의 규칙적인 증식("10년이면 이자를 계산하지 않더라도 5천 달러 이상이 되련만"), 사회적 상승('벽난로에 절')을 꿈꾼다. 이 모든 것이 가족의 '확장'으로 상징된다.

그러나 도시의 팽창에서 정당성을 찾는 것은 바로 꿈이다: "꾀 죄죄하고 답답한 가게에 나를 머물게 하고 싶으셨던 아버지!" 그 결과 에드는 도시에서 큰 재산을 모으는 자신의 운명을 발견한 것이다.

그래서 방화범을 보고 에드가 두려워한 것이다. 기존 질서를 뒤흔들고, 도시의 확장이 아니라 파괴를 가져온 그에게, 그리고 에드와 그의 가족은 물론 도시에게 이 운명은 무엇보다 우선 꿈이기 때문에, 특히 꿈을 깨러 온 그에게 이 '확장'은 아직 실현되어야 할 것이다. 에드가 창문으로 내다보다가 화재를 발견하게 된 것은 우연이 아니다. 왜냐하면 꿈꾸는 운명과 현실 사이의 차이는, 보들레르 때부터('창문,'《소산문시》), 현대 도시의 이미지와 연결된 창문의 상징으로 나타나기 때문이다.

II. 창문이라는 상징: 꿈으로부터 현실에서의 '전락' 까지

A. 이상적인 투명성, 무형의 도시

꿈꾼 도시는 '폭풍우 너머 하얀 구름' 그 자체인 '수천의 창문을 가진 거대한 건물' 들로 이루어진다. 이상적인 도시는 하늘과 교감하는, 창문이 빛을 반사하고 비추는 도시이다.

이에 대립되는 사항들은 다음과 같다.

B. 창문을 통한 에드의 시선

에드가 창문을 통해 무엇을 보는가? ("길의 오른쪽과 왼쪽을 보며 오랫동안 창문에 기대어 있었다.") '세계 제2 메트로폴리스' 라는 신문의 기사에서 따온 표현과 '벽돌 집,' '가로등의 희미한 불빛'의 묘사를 잇는 텍스트가 보여 주는 것처럼, 그것은 이상적인 도시와 실제 도시의 혼합이다.

그러나 에드는 바로 창문을 통해 화재를 발견한다.

C. 파괴의 창문

텍스트 속의 모든 움직임이 꿈에서 현실로의 전이를 위한 것이라면, 이 통과를 담당하는 것은 세번째 기능 파괴에 이르는 창문이다. '10층짜리 건물'의 '좁은 창문,' 거주민들이 '달라붙어 있고,' '매달려 있는,' '갈색의 연기'가 나오는 창문, '무엇인가 검은 것'이 떨어져서 지금은 '울부짖고' 있는 창문. 다시 말하면, 창문을 통해 보는 광경과도 같은 삶에서 가장 끔찍한 현실로 전이되는 것이다. 이 단락의 초반부에는 집에서 나가기를 원했지만, 창문을 연 후 에드는 텍스트의 종반부에서 "재빨리 집으로 돌아왔다. 뛰어서 올라와 문을 잠갔다"라는 서두름밖에 없다.

창문을 통해 발견되고 묘사된 화재라는 에피소드는 이제 도시의 진실처럼 그려진다. 이 진실은 에드의 꿈을 중단시키러 온 것일 뿐만 아니라 도시의 현실: 좁은 창문 뒤의 고통받고, 죽어가며, 악을 행하는 존재들의 삶을 밝혀 주는 것이다. 도시는 아직 투명한 수천 개의 창문을 가진 무형의 도시는 아니다.

이로 인해 운명이라는 개념에 매우 다른 의미를 부여하게 된다.

III. 숨겨진 운명: 수지의 죽음으로부터 도시의 파괴로

이 텍스트 속의 운명을 읽는 다른 방법이 있다. 수많은 암시와 예시로 가득 찬 텍스트를 1차원적으로 읽지 말고, 다시 읽고, 다른 위상의 텍스트들(신문·머리말·이야기……)의 병렬(竝列)을 통해 숨겨진 논리를 발견하라고 권유한다.

A. 죽음의 예고와도 같은 이중의 만남
이중의 다양한 상징들은 극적인 예고처럼 보일 수 있다.

——파란 사기 인형: 색깔은 그렇게나 그의 장식품을 좋아했던 '불쌍한' 수지의 눈을 상기시킨다. 조각난 머리는 수지의 죽음을 암시한다.

——임신중이며, 죽게 될 여인의 이탈리아 남자와의 만남: 이 남자는 에드가 그후에 겪게 될 같은 공포를 체험하고, 에드에게 닥칠 것을 예고한다. 도시가 그에게서 그의 부인을 빼앗아 간 것처럼, 후에 그의 딸(엘렌)에게서, 그녀가 아이를 가졌을 때 사랑하는 남자를 빼앗아 갈 것이다.

왜냐하면 에드의 운명과 도시의 운명은 연결되어 있으므로.

B. 도시 파괴의 예고
——머리말에서, 신에게서 불의 처벌을 받았거나 타락으로 어두워진 일련의 도시들의 열거.

——텍스트에서 에드의 꿈과 화재의 병치(竝置), 소설의 첫번째 긴 나열. 화재로 인한 죽음 전에 스탄의 환각 속에 머리말이 다시 나타난다는 것을 상기하자.

결론: 소설의 도입부에, 도시와 비천한 인간에 대한 이중의 위대한 꿈이 있다. 텍스트적 효과, 파괴의 예고는 텍스트를 시적으로 읽기 시작하는 순간부터 그 의미를 갖는다.

【텍스트 2】

루이 페르디낭 셀린, 《밤의 끝으로의 여행》, 갈리마르, 폴리오,
pp.256-258.

보잘것없는 자살, 가장 좋은 방법은 길로 나가는 것이다. 각자
가 자신의 능력과, 잠을 지배하고 먹고 살 방법이 있다. 다음날
입에 풀칠이라도 하기 위해 충분한 힘을 되찾을 수 있도록 잠을
자야만 했다. 활기를 찾는 것, 바로 그것이 내일 일자리를 찾고,
기다리는 동안 잠이라는 이방인을 직면하기 위해 필요했던 것이
었다. 일단 모든 것을 의심하기 시작했을 때, 특히 당신을 두렵
게 하는 그렇게 많은 것들 때문에 쉽게 잠들 수 있다고 생각해
서는 안 된다.

옷을 입었고, 간신히 승강기까지 도착했지만 약간 정신이 나가
있었다. 다른 층, 그렇게 매혹적인 다리와 감미롭고 근엄한 얼굴
의 아름다운 수수께끼들 앞으로 현관을 지나야만 했었다. 한 마
디로 여신들이다. 호객하는 여신들. 서로 이해하려 노력했으면 좋
았을 텐데. 그러나 나는 체포될까봐 두려웠다. 복잡함. 가난한 자
들의 거의 모든 욕망은 감옥에서 끝을 맺는다. 그리고 길이 나를
다시 잡았다. 조금 전과 같은 군중들이 아니었다. 이 군중은 마
치 좀 덜 무정한 나라, 밤의 나라, 오락의 나라에 도착한 것처
럼, 보도를 따라 무리를 지며 약간의 거만함을 보였다.

사람들은 멀리 각양각색의 움직이는 뱀, 밤의 매달린 불빛 쪽
으로 나아갔다. 주위의 모든 길로부터 그들이 모여들었다. 다 돈
이다. 이런 군중이라면, 예를 들어 손수건이나 비단 스타킹·담

배라도 돈이 되겠어!라고 나는 혼자 생각했다. 혼자 말하는 것, 이 많은 돈 가운데 산책하는 것은 한푼도 돈이 되지 않는다. 먹으러 갈 돈조차도 되지 않는다! 집들처럼 얼마나 사람들이 서로에게 방어적인지를 생각할 때는 참 절망적이다.

나도 또한 영화관, 이어 옆의 다른 곳으로, 그 다음에 또 다른 곳으로 그렇게 길을 따라 불빛들 쪽으로 몸을 이끌었다. 각 장소들 앞에서 한무리가 사라진다. 나도 또한 사진 속에 속치마를 입고 멋진 허벅지를 가진 여자들이 있는 영화관을 선택했다. 신사분들! 푸짐하고, 포동포동하고, 탱탱한 여자들입니다! 게다가 대조적으로 연필로 그려 놓은 것처럼 섬세하고, 연약하고, 더 손댈 필요 없는 완벽한, 한치도 소홀함이 없고, 흠집도 없는 그런 귀여운 얼굴입니다. 귀여운 여자들이에요. 탄력 있으면서 동시에 매끈한 그런 여자들입니다. 가장 위험하게 아름다움이라는 진정한 부주의를, 삶이 가능한 신성하고 심오한 조화에 대한 무례를 범할 수 있는 모든 것. 이 영화는 부드럽고 뜨겁고 좋았다. 대성당의 아주 부드럽고 거대한 오르간, 그러나 허벅지처럼 뜨거워지는 오르간. 한순간도 헛되진 않다. 미적지근한 용서로 빠져든다. 세상이 마침내 관용적으로 바뀌었다고 생각해 버리면 되었다. 거의 벌써 그렇게 되었다.

그러자 꿈들이 움직이는 빛의 환영에 취하러 가기 위해 밤으로 올라온다. 스크린에서 벌어지는 것은 완전히 살아 있는 것은 아니다. 그 안에 가난한 사람들을 위해, 꿈을 위해, 죽은 이들을 위한 떨리는 넓은 공간이 있다. 사물과 인간의 잔혹함 속에서 며칠 더 생존하기 위해, 그리고 영화관 출구, 바깥에서 당신을 기다리고 있는 삶을 관통하기 위해 꿈을 서둘러 탐닉해야 한다. 꿈들 중에 영혼을 가장 북돋아 주는 것을 선택한다. 고백하건대,

나에게 그것은 돼지였다. 자랑스러울 것 없다. 기적적으로 기억할 수 있는 것을 가져간다. 잊을 수 없는 목과 유방을 가진 금발머리 여자가 고독에 관한 노래로 스크린의 침묵을 깨는 것이 좋다고 생각했다. 그녀와 함께 울 뻔했다. 바로 그것이 좋다! 얼마나 활기찬가! 벌써 그것을 느끼고 있었다. 고기 속에서 적어도 이틀을 보낼 용기를 갖게 되었다. 영화관에 불이 다시 켜졌으면 하고 바라기까지 했다. 나는 이제 이 경탄할 만한 영혼의 환상으로부터 얻은 수면의 모든 변화에 준비가 되어 있었다.

[모범 답안]

서론: 《밤의 끝으로의 여행》 속의, 바르다뮈의 미국 체류는 주인공의 극단적인 고독과 사람이 들끓는 세상과의 대조에 기반을 둔다. 호텔 방에서 잠을 이룰 수 없어서, 바르다뮈가 어떤 위안도 찾지 못한 채 군중 속을 헤매는 부분인 위의 단락이 보여 주는 것이 바로 그것이다. 그리고 이 단락은 영화관이 집단 오락 장소이지만 어둠 속에서 각자가 혼자이며, 다른 이들은 스크린 위의 무형의 창조물이라는 것, 그가 고독에서 찾을 수 없었던 약간의 위안을 발견한다는 사실을 보여 준다. 왜냐하면 셀린이 "인간의 모든 불행은 방안에서 휴식을 취할 줄 모른다는 단 한 가지 사실로부터 기인한다"[57]라는 파스칼의 표현을 편지에 명시하길 원하고, "우리를 즐겁게 하고 느낄 수 없을 만큼 천천히 죽음에 이르게 하는"[58] 오락을 추구하는 것처럼 보인다면, 영화는 현대적이고 격하된 오락 형태처럼 묘사된다: 단지 영화가 인간으로 하여금 그의 조건을 망각하게 할 뿐만 아니라 신(神)의 지위를 차지하고, 인간의 고독을 강조한

다. 그러므로 우리는 바르다뮈처럼 포기와 절대적인 고독의 상태에서 도시 속에 현대적인 주인공을 알아볼 수 있는 유일한 것, 즉 하찮은 탈출의 형태를 영화가 어떻게 제공하는지 보여 줄 것이다.

I. 가난한 자의 세상

바르다뮈의 완전 고독은 우선 그가 가난한 자의 세상에 살도록 벌한 금전(金錢) 부재이다.

A. 후퇴하는 세상

가난한 자, 그는 영구적으로 두려워하는 사람이다. ("특히 당신을 두렵게 하는 그렇게 많은 것들 때문에.") 왜냐하면 가난한 자, 그에게는 모든 것이 금지되어 있다: "가난한 자들의 거의 모든 욕망은 감옥에서 끝을 맺는다." 그래서 호텔 여자 손님들의 '근엄한' 얼굴 앞에서, 바르다뮈는 '서로 이해하려 노력했으면 좋았을 텐데'라고 생각한 후에, '체포'되는 '복잡함'에 의기소침해진다.

만약 가난한 자의 모든 열망이 위험하고 금지되었다면, 그는 그의 욕망들을 최소화하는 것에 만족해야 한다.

B. 원초적인 욕망으로 축소된 삶

가난한 자의 유일한 목표는 '먹고 사는' 것이다. 이를 위해 싸워야 하고, "다음날 입에 풀칠이라도 하기 위해 충분한 힘을 되찾아야" 한다. 그런 다음 "활기를 찾는 것, 바로 그것이 내일 일자리를 찾는" 데 필요한 것이다. 욕망에 관해 말하자면, 욕망도 또한 '유방'·'허벅지' 등의 원초적인 형태로 표현된다.

한 마디로 가난한 자의 세상은 '고기'의 존재로 축소된다. 그래서 모든 다른 인간들이, 가난한 자의 눈에 상인의 가치로 국한된다: "이런 군중이라면 돈이 되겠어!라고 나는 혼자 생각했다."

그러나 가난한 자의 삶은 단지 극단으로 몰린 모든 사람의 삶일 뿐이다.

C. 일반 규칙: '사물과 인간의 잔혹함'

도덕주의자의 표현을 모방한, 격언적인 수많은 현재 표현들이 증명하는 것처럼 바르다뮈의 특별한 경우는 일반 규칙과 맞물린다: "각자가 자신의 능력과…… 방법이 있다." "영화관 출구, 바깥에서 당신을 기다리고 있는 삶을 관통하기 위해 꿈을 서둘러 탐닉해야 한다. 꿈들 중에 영혼을 가장 북돋아 주는 것을 선택한다."

만약 '잔혹함'이 일반적이라면, 가난할 때 더욱 참을 수 없을 뿐이다. (《밤의 끝으로의 여행》, p.265 참조: "생계 수단이 없는 사람들의 삶은 긴 환각 속의 오랜 도망일 뿐이며, 우리가 소유한 것만 잘 알 뿐이고, 그것에 의해서만 해방될 뿐이다.")

가난한 자의 고통, '잠이라는 이방인을 직면하고,' 그 다음날을 맞기 위해 밤을 보내야 하는 고통이 일반적이라면, 이는 바르다뮈가 그와 비슷한 사람들에게서 형제애나 공감을 느끼길 희망한다는 말인가?

II. 절대적 고독의 상태

거리로 나가는 것이 '보잘것없는 자살'이라면, 죽음 이외에 자신으로부터 탈피할 수 있는 유일한 방법이라면, 다른 사람들과의 접촉이 그만큼 그의 조건을 잊게 하는 것은 아닐까? 그런데 어떤 다른 사람들인가?

A. 부화뇌동하는 무리

이 텍스트의 사람들은 불가피하게 기계적으로 움직이는 밀접한 군중으로밖에 표현되지 않는다: "같은 군중들이 아니었다." "그들이 모여들었다." "보도를 따라 무리를 지며." "사람들은 나아갔다." "각 장소들 앞에서 한무리가 사라진다."

다른 것들, 그것은 사람들이 아니다. 무리이다.

B. 인간이 아닌 무리

인간들은 '손수건'·'비단 스타킹'·'담배'를 가진 것처럼 사물 집합체로 묘사된다. 그래서 그들과 대화하는 것뿐만 아니라 그들과 비교하는 것조차 불가능해 보인다: "혼자 말하는 것, 이 많은 돈 가운데 산책하는 것은 한푼도 돈이 되지 않는다. 먹으러 갈 돈조차도 되지 않는다!"

바르다뮈는 이 무리의 바깥에 있다. 아마도 군중이 도시의 생산물이고 반영이기 때문일 것이다.

C. 도시의 생산물이고 반영인 군중

군중은 거리에 의해 움직여진다: "그리고 길이 나를 다시 잡았다." 바르다뮈는 도시가 강요한 리듬을 따른다: 군중은 '밤'·오락·빛으로 이끌린다. 마지막으로 자기 자신 속으로 폐쇄되는 이미지는 도시의 기록에서 차용한 것이다: "집들처럼 얼마나 사람들이 서로에게 방어적인지를 생각할 때는 참 절망적이다."

이렇듯 도시의 군중은 부화뇌동하는 무리이고, 그곳에서 개인은 자신에게 갇혀 있으며, 타인과의 대화의 가능성도 없이 감금되어 있다. 바르다뮈, 그는 다르다. 그는 가난하다. 그래서 바깥에 존재한다. 관점은 다르지만, 가난한 자들과 부자들이 혼돈된 그것은 영화관이다. 바르다뮈의 완전한 고독의 세계에서 새로운 종교, 오락의 종교가 태어날까?

III. 보잘것없는 신성(神聖)

이 텍스트에서 부재인 신의 위엄으로 추앙된 것이 바로 오락이다. 신성의 격하로 하찮은 신이 되어 버린다.

A. 신성의 격하

영적이고 물리적인 기반의 혼동은 초월의 모든 환상을 조롱한다. ——주인공에게 입회 시험을 치르는 '호객하는 여신들'의 조롱: "……아름다운 수수께끼들 앞으로 현관을 지나야만 했었다."

—— '대성당'과 '허벅지' 같은 오르간과 비슷한 영화에 대한 조롱: '미적지근한 용서'라 불리는 영화, '기적'이 일어나는 곳, '영혼'이 '뜨거워지는' 장소, 영화.

신성이 있는 곳이 바로 영화관이지만, 예술에 의한 어떤 세상의 속죄도 의미하지 않는다. 그래서 셀린은 어두운 영화관에서 얻은 계시의 세속화에 신중을 기한다. '잊을 수 없는' 것은 금발머리 여가수의 모습이다.

B. 순수한 사랑

모든 것이 격하된 세상에서, 아름다움을 간직한 신체에 대한 사랑은 단호하다. '감미롭고 근엄한 얼굴,' '탱탱한' 허벅지, "섬세하고, 연약하고, 더 손댈 필요 없는 완벽한, 한치도 소홀함이 없고, 흠집도 없는" 얼굴들은, 고기의 '물컹거리고 흐물거림'과 대조적인 선(線)에 대한, 윤곽에 대한 사랑이다. 예술의 영역에 속한 용어들을 사용한 것이 조롱하기 위해서라면, 아름다움을 통해서만 삶은 아직도 우리를 놀라게 할 수 있다: "가장 위험하게, 아름다움이라는 진정한 부주의를, 삶이 가능한 신성하고 심오한 조화에 대한 무례를 범할 수 있는 모든 것."

그러나 아름다움이 만개할 수 있는 이 삶은 진정한 삶인가?

C. 삶에 반하는 꿈의 선택

만약 이 순수한 형태들이 근본적으로 사진이나 스크린이라면, 그것은 우연이 아니다. 왜냐하면 "스크린에서 벌어지는 것은 완전히 살아 있는 것은 아니다. 그 안에 가난한 사람들을 위해, 꿈을 위해, 죽은 이들을 위한 떨리는 넓은 공간이 있다." 물론 셀린은 끊임없이 《밤의 끝으로의 여행》에서 탈출의 신화를 조롱한다. 그러나 여기서 너무 강압적이지 않다면('자랑스러울 것 없다') '진정한 삶이 다른 곳'에, 열망과 환상으로 가득 찬 이 '떨리는 공간' 속에 있다는 생각이 입증된다.

그러나 만약 "꿈들이 움직이는 빛의 환영에 취하러 가기 위해 밤으로 올라온다"면, 꿈은 순간적인 삶일 뿐이다. '꿈을 탐닉해야'만 한다. 그러나 영화관에서 나오면서 바르다뮈는 '이틀을 보낼 용기'를 가질 만큼의 저장품만을 얻는다. 영화는 휴식일 뿐이다: "세상이 마침내 관용적으로 바뀌었다고 생각해 버리면 되었다. 거의 벌써 그렇게 되었다."

스크린은 이렇듯 환영만을 제공하고, 상상은 도피적 환상만을 준다. 우리들은 그저 '고독에 관한 노래'를 부르는 여가수와 함께 '울' 수 있을 뿐이다. 상상은 바르다뮈에게 자신의 고독의 재현이다.

결론: 바르다뮈는 여기서 비인간적이고 소외된 군중 속에 자신

을 숨긴 채 절대적 고독을 체험한다. 그의 반응은 반항적이지는 않다. 반대로 군중 속에 섞이기 위한 일종의 절망적 노력이다. 그런데 보들레르의 '다수·고독'(《소산문시》)과 완전히 일치하는 이 군중은 오락에 의해서만 모여든다. 스크린의 환영은 어떤 세상의 이미지를 제공하는데, 이 세상은 아직 죽음에 의해 오염되지 않았으며, 가까운 종말이 약속된 썩은 고기가 아닌 신체, 몸의 세상이다. 바르다뮈가 한 것처럼 '영화관에 불이 다시 켜지기' 전에 서둘러 떠나야 할까.

장르에 대한 문제

다음의 예는 장르, 중편 소설에 대한 문제를 다룬 프로그램의 발췌문이며, 외국어란 벽이 있긴 하지만, 수험생은 프랑스 문학에서 요구된 만큼 완전한 분석을 해낼 수 있으리라고 짐작된다. 그러나 언어에 대한 상당한 지식이 필요하고 원본을 자주 참고해야 한다.

NB: 작품 분석은 필기 시험에서 갖추어야 할 모양, 즉 모범 답안으로 작성되었다. 단지 각 파트의 제목과 하부 제목, 그리고 다양한 수사학적 연결부를 표시한 것은 수험생의 편리를 위함이다.

【텍스트】

제임스 조이스, 《더블린 사람들》, 〈죽음〉, 자크 오베르 번역, 갈리마르, '뒤 몽드 앙티에' 총서, pp.255-258.

다키 씨는 단추를 다 잠근 후 완전히 무장하고 사무실에서 나왔다. 그리고 후회스런 어조로 그의 감기 내력을 그들에게 이야기했다. 모두가 그에게 조언을 아끼지 않았고, 서둘러 유감을 표명하며 밤기운에 그의 목을 배려해 주었다. 가브리엘은 대화에 참여하지 않는 그의 부인을 관찰했다. 그녀는 먼지가 많은 통풍창 바로 밑에 있었다. 그리고 그가 며칠 전에 불 앞에서 말리는 것을 본 그녀의 화려한 구릿빛 머릿결을 가스 불꽃이 비추고 있었다. 그녀는 같은 모양으로 앉아, 그녀 주위에서 진행되는 대화를 의식하지 못하는 듯했다.

그녀는 마침내 그들에게로 몸을 돌렸다. 가브리엘은 그녀의 뺨이 물들고, 눈이 빛나는 것을 보았다. 그의 마음은 갑자기 터질 듯한 기쁨으로 벅찼다.

——다키 씨, 당신이 부르신 노래의 제목이 무엇이죠? 그녀가 물었다.

——〈오그림의 처녀〉예요. 그러나 정확하게 기억하지는 못하겠습니다. 왜 그러시죠? 이 노래를 아시나요?

——〈오그림의 처녀〉. 그녀가 반복했다. 제목을 몰랐거든요.

——매우 예쁜 곡이에요. 메리 제인이 말했다. 오늘 저녁 당신 목소리가 안 나와서 유감이에요.

——메리 제인, 다키 씨를 방해하지 마세요. 그를 방해하는 것을 허락할 수 없어요. 케이트 이모가 말씀하신다.

모두가 떠날 차비를 마친 것을 보고, 그녀는 문으로 그들을 안내하고 작별 인사를 했다.

——그러면 안녕히 계세요, 케이트 이모. 그리고 오늘 저녁 감사했습니다.

——안녕히 가세요, 가브리엘, 그레타!

——안녕히 계세요, 케이트 이모. 정말 감사합니다. 안녕히 계

세요, 줄리아 이모.

——그래요, 안녕히 가세요, 그레타. 당신을 보지 못했었네요.

——안녕히 가세요, 다키 씨, 미스 오캘러건.

——안녕히 가세요, 미스 모컨.

——다시 한 번 안녕히 계세요.

——모두 안녕히 가세요.

——안녕, 안녕.

아침은 아직도 어두웠다. 노랗고 흐릿한 불빛이 집과 강에 감돌고 있었다. 그리고 하늘이 내려오는 것 같았다. 녹은 눈 위를 걸었다. 그리고 작은 안뜰의 철책, 강가의 난간, 지붕 위에 금속판과 흔적만이 남아 있었다. 가로등이 아직도 매연을 뿜어내는 공기 속에 빨간빛을 발하고 있었고, 다른 편 강가에는 포 코트[59]가 무겁게 가라앉은 하늘과 맞닿아 있었다.

그녀는 구두가 든 고동색 상자를 겨드랑이에 끼고 두 손으로 스커트 자락을 잡고, 바텔 다키 씨와 함께 그의 앞에 녹은 눈 위를 걷고 있었다. 그녀는 더 이상 우아한 자태를 지닐 수 없었지만, 가브리엘의 눈은 여전히 행복으로 빛났다. 말 그대로 피가 혈관 속에서 뛰었다. 자긍심·기쁨·애정·용기 등등의 생각이 차례차례 그의 머릿속으로 혼란스럽게 스쳐 지났다.

그녀가 그 앞에서 너무나 가볍고 곧은 자태로 걸어서, 그는 그녀에게 소리 없이 달려가 어깨를 잡고 귀에 부드럽고 무례한 어떤 말을 하고 싶은 욕망을 느꼈다.

그녀는 너무나 연약해 보여서 어떤 것에 맞서 그녀를 보호하고, 그녀와 함께 단둘이 있고 싶은 욕망에 타올랐다. 그의 전체 삶의 비밀스런 순간들이 별처럼 기억 속에 빛났다. 헬리오트로프[해바라기의 한 종류]의 향기가 나는 봉투가 그의 식탁 옆에 놓여 있었고, 그는 손으로 그것을 쓰다듬었다. 새들이 송악나무에서 지저귀고, 커튼이 햇빛을 받아 대지를 애무하고 있었다. 그는 행복해서 밥을 먹을 수 없었다. 그들은 군중 속에 한 기차역에 서 있었고, 그는 그녀의 장갑 속 따뜻한 손바닥 안으로 차표를 밀어넣었다. 그는 소리나는 난로 앞에서 열심히 병을 제작하고 있는 한 남자를 창문 철책 너머로 쳐다보며, 추위 속에 그녀와 함께 서 있었다. 매우 추웠다. 그와는 달리 그녀의 얼굴은 차가운 공기에 향기를 발하고 있었다. 갑자기 그녀가 일꾼에게 말을 건넸다:

——아저씨, 불이 아주 뜨거운가요?

그러나 그 남자는 난로 소리 때문에 들을 수가 없었다. 그것도 좋았다. 아마도 그는 무례하게 대답했을 테니까.

더욱 부드러운 기쁨의 물결이 그의 심장을 빠져 나가, 그의 동맥을 거쳐 열기로 핏줄을 넘쳐나게 했다. 부드러운 별빛들처럼, 아무도 아직까지 들어 보지도 못한, 그들의 삶의 어떤 순간들이 그의 기억 속에 그를 비추기 위해 떠올랐다. 그는 그 순간들을 그녀에게 상기시키고, 공동 생활의 어두웠던 날들을 잊게 하고, 열정적인 순간만을 기억시키고 싶은 욕망에 불탔다. 왜냐하면 그 날들은 그와 그의 아내의 영혼을 결코 잠재울 수 없었으므로. 그들의 아이들, 그가 그녀에게 써보낸 것, 집안 살림 걱정들은 그들의 영혼의 뜨거운 애정을 전혀 부식시키지 못했다. 그때 그가 그녀에게 보낸 한 편지에서 다음과 같이 말했다: "왜 이런 단어들이 나에게 그렇게 어둡고 춥게 느껴질까요? 당신의 이름을 갖기에 충분히 따뜻하지 않아서이지 않을까요?"

멀리서 들리는 음악처럼, 몇 년 전에 그가 쓴 이 단어들은 과거의 저 밑바닥으로부터 그에게로 향하고 있었다. 그는 그녀와 단둘이 있고 싶어 몸이 달았다.

다른 사람들이 떠났을 때, 그와 그녀가 호텔 방에 있게 될 때, 그때 그들은 단둘이 함께 있을 것이다. 그는 그녀를 부드럽게 부를 것이다:

——그레타!

아마 그녀는 금방 듣지 못할 것이다: 그녀는 옷을 벗고 있는 중일 테니까. 그 다음에 그의 어떤 목소리가 그녀를 일깨울 것이다. 그녀는 몸을 돌려 그를 볼 것이다…….

[모범 답안]

서론: (머리말) 《더블린의 사람들》 속의, 화자의 외형적인 중립성은 흔히 그의 개입을 은폐한다. (텍스트의 상황 설명) 그래서 〈죽음〉은 거의 항상 주인공 가브리엘의 관점을 견지한다. 그러나 인물의 비전과 텍스트의 비밀스런 의미 사이의 대조는 이 소설의 말미에 위치한 이 단락에 특히 뚜렷하다. 그곳에서 그가 그레타와 가수 바텔 다키와 함께 이모댁에서 멀어질수록, 가브리엘은 그의 부인에 대한 강한 욕망과 동시에 그녀와 함께 보낸 삶에 대한 추억에 사로잡힌다. (접근 방법) 왜냐하면 외형적으로는 가브리엘이 진정한 부활의 체험을 하는 듯 보이지만, 이 재생이 죽음의 더욱 분명한 존재를 가정하며, 조이스에 의해 자리잡은 기호들을 통한 감성적인 오해에 근거한 것은 아닌가 자문할 수 있기 때문이다. 과거의 단어들이 '멀리서 들리는 음악'이라면, 예술가인 가브리엘은 상상을 통하지 않으면 죽은 과거를 다시 살릴 수 없는 것처럼 보인다. 그래서 삶이 매우 끈질기게 표현되는 이 텍스트는, 이 소설의 말미에

승리하게 될 죽음의 목소리가 들리기 시작하는 장소가 된다. (차례) 텍스트가 목소리의 다양성과 텅 빈 무언의 대화의 대조로 특징지어지는 경우, 죽음의 존재는 우선 언어의 패배(1부)를 통해 감지된다. 텍스트가 더운 이미지와 추운 이미지의 음악적 얽힘에 기초한다는 의미에서, 욕망의 '멀리서 들리는 음악'(2부)에 따르면 언어가 공허한 것은 아마도 삶이 다른 식으로 표현되기 때문이다. 그러나 여기서도 대립의 복잡함은 죽음의 승리를 계시한다. 이 부부는 오르페우스의 반전된 동시에 복제된 모습이라는 의미에서, 밤에 두 사람이 걷는 것은 죽음으로 향하는 것(3부)처럼 보일 수 있다.

I. 언어의 패배

A. 목소리의 다양성

〈죽음〉의 특별한 분위기를 조성하는 데 기여한 특징 중의 하나는, 인물들의 언어를 고려하여 조이스가 선택한 방법 덕택에 텍스트에서 감지할 수 있는 목소리의 다양성이다. 이 발췌문의 두드러진 목소리의 다양성을 통해 작별에 선행한 집단적이고 쓸데없는 대화인 외부로부터 가브리엘의 고독을 강조하며, 내부에 초점을 맞춘 화자의 사고(思考)와 추억이라는 인물의 내부로의 움직임이 구별된다. 첫번째 단락에서 가브리엘은 추억 속에 묻혀 대화에 참여하지 않고, 그녀 주위에서 벌어지고 있는 일에 무관심한 그의 부인을 관찰한다. 텍스트의 움직임은 같은 방식으로 가브리엘을 고립시키려 한다. 텍스트의 도입부에서 내부 관점과 외부 관점의 교차가 주목된다: 가브리엘이 부인을 관찰하는 첫번째 단락과 마지막 손님들 사이의 대화, 주고받는 인사, 그리고 다시 가브리엘의 길에 대한 시선, 또다시 화자의 시선("가브리엘의 눈은 여전히 행복으로 빛났다")이 이어진다. 그 다음 기억 속에 떠오르는 그레타와의 삶에 대한 '비밀스런 순간들'과, 의미심장하게 다른 이들의 존재를 소멸시키려는("다른 사람들이 떠났을 때⋯⋯") 첫번째 목표를 향한 상상 속에 투영되기까지, 그를 둘러싸고 있는 모든 망각이 증명하는 것처럼 점차적으로 선택된 관점은 독점적인 가브리엘의 시선이다. 그 순간 가브리엘이 아직도 들을 수 있는 유일한 목소리는 과거의 목소리, 그레타의 목소리 또는 자신의 목소리("몇 년 전에 그가 쓴 이 단어들은 과거의 저 밑바닥으로부터 그에게로 향하고 있었다"), 또는 그들이 마침내 단둘이 있게 된 꿈에 그리던 순간의 상상의 목소리이다. 처음에 다양한 목소리가 삶을 묘사하는 것처럼 보이지만, 실제로 그의 부인이 그랬던 것처럼 가브리엘이 점차적으로 고립된다는 것과, 그가 마침내 그의 내부의 목소리 외에 더 이상 듣지 못하게 된다는 것을 우리는 깨닫게 된다.

B. 침묵의 승리

1. 즐겁고 활기찬 주고받는 단편적인 대화에도 불구하고 실제로 첫번째 인상을 부정하거나 적어도 의사소통의 어려움을 밝히며, 텍스트를 지배하는 것은 침묵이 아닌가 자문하게 된다. 텍스트의 초반부부터 아무것도 의미하지 않는 궤도를 벗어난 언어의 사용이 강조된다. 모든 대화는 실패로 이어진다: 첫번째 바텔 다키와 그레타 그리고 메리 제인 사이의 대화는 오해, 노래의 비밀스런 의미와 이 노래에 대한 세속적인 평가("매우 예쁜 곡이에요")의 대조에 의거한다. 이어 관용적인 표현의 단순한 반복으로 이루어진 작별 인사는 가브리엘, 그레타 그리고 바텔 다키가 같이 걷는 동안 지속될 긴 침묵에 앞서 언어의 공허한 사용을 나타낸다. 텍스트의 이 부분에 바텔 다키의 첫번째 개입까지, 언어의 쓸모없는 사용이 등장한

다. 왜냐하면 가수는 의미 없는 주제에 긴 이야기체를 사용하여, 그의 감기에 대한 '내력(history)'을 기꺼이 설명하기 때문이다.

2. 내부의 풍요로움과 대조적으로 사교계가 공허하고 경박한 언어 사용의 장소이지만, 가브리엘의 추억과 몽상 또한 침묵적이라는 것은 놀라운 일이다. 첫번째 추억에서, 물론 의사 교환이 있다. 왜냐하면 '헬리오트로프의 향기가 나는 봉투'가 증명하듯, 그레타가 가브리엘에게 편지를 썼기 때문이다. 그러나 이는 장거리 의사소통이다. 마찬가지로 기차역 장면에서, 가브리엘은 기차표를 그레타의 장갑 속으로 밀어넣는 것으로 만족한다. 이것은 말이 필요 없는 사랑의 행동이다. 그레타가 난로 앞의 일꾼에게 던진 질문은 답을 얻지 못했다. 가브리엘은 이를 기뻐한다. ("그것도 좋았다.") 왜냐하면 언어의 부적절한 사용의 기회를 주었을 테니까. ("아마도 그는 무례하게 대답했을 테니까.") 마지막으로 가브리엘이 그의 부인과의 완전한 합의를 표현하는 순간도 아내의 침묵이 강조된다. 그레타는 가브리엘의 부름을 곧바로 알아듣지 못한 것으로 가정된다. 그러나 곧 이어 수수께끼 같은 시선으로밖에 표현되지 않은 그녀의 답을 우리는 알지 못한다.

전이부: 이제 우리는 흥분의 절정에서, 왜 가브리엘이 그의 부인에게 달려가 그녀의 "귀에 부드럽고 무례한 어떤 말을 하기"를 원하는지, 그리고 왜 그의 편지가 증명하듯, 그가 사랑을 표현하기 위한 단어를 찾는 것이 그렇게 어려운지를 이해한다. ("당신의 이름을 갖기에 충분히 따뜻하지 않아서이지 않을까요?") 또한 이 단어들을 수식하는 형용사들, '어둡고(dull)' '추운(cold)'이 끝나가는 밤 분위기와 가브리엘이 그의 욕망의 불꽃을 대립시키는 존재를 정확하게 표현한다는 사실은 놀랍지 않다: 언어의 패배에 맞서 다른 기호들,

감각의 보들레르적 얽힘에 따라 배합된 기호들이 삶을 표현하는 임무를 맡았기 때문이다.

II. 욕망의 '멀리서 들리는 음악'

A. 텍스트의 음악적 구조

가브리엘이 예전에 사용한 단어들이 화자에 의해 '멀리서 들리는 음악'과 비교되었다면, 일상적인 언어가 텍스트 안에서 평가절하되었다면, 메아리와 유사한 이미지 또한 주제의 반복에 근거한 어떤 음악적 구조 유형이 발견된다는 것은 놀랍지 않다. 반복의 첫번째 모델을 제공하는 것은 연속적인 파도, 바다의 모티프이다: "그의 마음은 갑자기 터질 듯한 기쁨으로 벅찼다." "더욱 부드러운 기쁨의 물결이 그의 심장을 빠져 나가, 그의 동맥을 거쳐 열기로 핏줄을 넘쳐나게 했다." 이 밀물은 모두 영어 동사 to long으로 번역되는 다양한 표현들을 통해 텍스트 내내 끊임없이 반복되는 욕망의 이미지일 수 있다: "그는 욕망을 느꼈다." "그녀를 보호하고 싶은 욕망에 타올랐다." "그녀에게 상기시키고 싶은 욕망에 불탔다." "그녀와 단둘이 있고 싶어 몸이 달았다."[60] 그러나 음악적 구조는 특히 찬 것과 더운 것, 욕망의 이미지와 욕망에 대립되는 것들, 이 텍스트에서 단어들이 어떤 면에서 거짓인가를 알게 해주는 대립과의 복합적인 비교에 근거한다. 어떤 의미에서 언어의 사용이 죽음에 의해 마비되었다면, 아마도 욕망의 이미지의 음악적 반복을 통해 죽음이라는 소리 없는 동일한 존재가 재발견된다.

B. 욕망의 강렬한 불

텍스트를 통해 차가움과 뜨거움의 대조가 이루어진다면, 욕망과 연관된 불 이미지의 다양한 사용을 가장 덜 전통적으로 구별하는 것이 합당하다. 이 '불'은 우선 커플의 은밀함의 생생한 증거이다. 가브리엘은 그의 아내가 머리를 말리는 모습을 본 것을 기억한다. 또한 그녀의 '화려한 구릿빛'은 그에게 불타는 관능을 자극한다. 가브리엘의 혈관을 '열기로 가득 채우는' 것은 그들의 '공동 생활의 어두웠던 날들'에 의해 '꺼지지(quenched)' 않은 불, 이 '뜨거운 애정(tender fire)'이다. 이 불은 '햇빛'처럼 가열하고 밝히는 동시에, '커튼'의 천을 통과한 후 '헬리오트로프'의 향기로 은유적으로 연상된 태양, 즉 불꽃에 견줄 만한 빛과 그림자의 놀이처럼 '간지른다.' 마지막으로 만약 그것들이 가열되지 않고 빛난다면, 천체 (stars)의 빛은 인공 불과 연관지을 수 있으리라. 왜냐하면 '부드러운 별빛'은 가브리엘의 기억 속에 '그를 비추기 위해' '빛나기' 때문에.

이 불은 자연스럽게 행복의 동의어인 맹렬한 차가움과 대립된다. 저녁 시간 동안, 이모댁의 탁한 분위기를 피해 가브리엘이 기꺼이 눈 속을 걷는 모습을 상상했던 것을 우리는 기억한다. 이것은 '소리나는 난로'의 장면에서 욕망의 불과 연관된 삶의 차가운 동의어이다. 이 단락에서 차가움이란 주제는 세 번 반복된다. (마찬가지로 영어 텍스트에서도 cold라는 단어가 세 번 발견된다.) "그는 추위 속에 그녀와 함께 서 있었다." "매우 추웠다." "그녀의 얼굴은 차가운 공기에 향기를 발하고 있었다."

이 불의 이미지들이 커플의 삶의 추억과 관련이 있다면, 적어도 이것들은 가브리엘의 유일한 욕망과 연결된다. 이 욕망을 일깨우는 것은 화자에 의해 강조되고 그 자신의 표현에 의해 교체된, 불의 새로운 이미지 '눈이 빛나는' 것과 그의 부인의 '물든' 뺨이다. ("가브리엘의 눈은 여전히 행복으로 빛났다.") 그런데 이 불이 거짓은 아닌가? 실제로 삶의 징후들은 그레타에게 죽음의 추억으로 부활하며, 이 '눈이 빛나는' 것은 두 부부 사이를 벌려 놓는 오해, 그 자체 이미지이다. 마찬가지로 텍스트에서 다른 불의 이미지를 발견할 수 있지만, 다시 가열하지 못하는 인공적인 불이다.

C. 죽음의 인공 불빛

우선 그레타의 머릿결과 연관된 '구릿빛' 이미지로 돌아오자. 왜냐하면 가브리엘의 추억 속에, 그녀의 머릿결이 불과 연결되었지만, 여기에서 그것은 '가스 불꽃'에 의해 비춰지기 때문이다. 이 인공 불꽃은 우선 살아 있는 반사 빛으로 구리가 차가운 금속이 아니라는 것, 환유적으로 그레타가 이 순간 꿈꾸는 죽음, 마이클 푸레, 가스 점원을 예고한다는 사실을 상기시킨다.

거짓된 불, 다시 가열하지 못하고 빛나는 인공적인 불을, 그것들이 '아직도 타오른다면' '아직도 어두운' 아침의 어둠을 뚫지 못할 '가로등'의 '빨간빛' 속에서 찾을 수 있다. 가로등의 인공 조명이 열을 가할 수 없는 이 '노란 불빛'에 대해, 가브리엘의 '어두웠던' 단어들과, 콘로이의 '어두웠던 삶'에서 이미 언급된 '어두웠던(dull)'의 거의 모순적인 용어가 발견되는 것은 놀라운 일이 아니다: 이 불은 더 이상 재 속에서 은근히 타고 있는 불이 아니라, 가브리엘이 생각하는 것처럼 다시 살아날 수 있는 불이다. 그러나 결코 타올랐던 적이 없는 거짓된 불이다. 이에 우리는 난로 앞에 있는 일꾼에게 그레타가 던진 순진한 질문, 너무나 순진해서 무례한 대답을 유도할 수도 있었으며, 아마도 상징적으로 근본적인 차가움으로 해석될 수 있는 "불이 아주 뜨거운가요?"라는 질문을 생각한다.

만약 타는 불이 생생한 차가움과 대립된다면, 텍스트를 지배하는 인공 불빛은 불길한 차가움과 결합된다. 바텔 다키는 이 추위에 견

디기 위해 '완전히 무장하고' 나왔고, 그레타는 남편의 재촉에 따라, 추위를 막기 위해 고무장화를 신었다. 왜냐하면 지금 그녀는 '고동색 상자'에 든 '그녀의 구두'를 들고, '두 손으로 스커트 자락을 잡고, 녹은 눈 위를 걷고' 있기 때문이다. '금속판'으로, '흔적'으로 분해된 녹은 눈이 바로 '노란 불빛'과 결합하여 행복할 때의 매서운 추위와 너무나 다른 이 불길한 추위를 나타내는 듯하다.

전이부: 이렇듯 서로 얽혀 있는 불과 차가움의 이미지의 음악적 효과는 거짓이다. 가브리엘의 사랑의 몽상이 삶과 분명히 연결되어 있다면, 그의 부활을 이루는 것은 거짓된 불빛, 축제에 이어지는 차갑고 죽은 빛과 유사한 빛이다. 그것은 단지 죽음을 암시하는 언어의 사용법만이 아니라, 조이스가 설치해 놓은 복잡한 신호 체계이기도 하다. 그 덕택에 유일한 가브리엘의 관점의 표면적인 적용을 부인할 수 있다. 욕망의 음악이 죽음을 매혹시키지 못한다면, 과거의 재현은 미끼가 아닐까? 과거로 돌아가는 것은 가브리엘뿐만이 아니다. 그래서 우리는 아마도 오르페우스의 신화에 대한 아이러니를 발견하게 된다.

III. 죽음으로 향한 발걸음

A. 과거의 두 그림자

우선 은유적인 방법으로 오르페우스의 모델을 상기할 수 있다. 죽음으로 향하지 않으면 가브리엘과 그레타는 무엇을 할 것인가? 그러나 신화적 모델을 사용하여 조이스가 펼친 아이러니는 두 부부 각자가 여기서 다른 존재를 향한다는 것과 관련이 있다. 왜냐하면 그레타만이 죽음을 생각하는 것이 아니기 때문이다. 가브리엘이 삶의 동의어인 흥분에 사로잡힌다 해도 그는 과거의 여인, 죽은 여인에게 향한다. 이 소설의 다음 부분이 보여 주는 것처럼, 그녀는 전혀 존재하지 않았고 그 커플이 가족을 이루지 않았다고 가정한다면 재시작을 바라는 것은 헛되다. 마치 그녀가 같은 추억을 공유하지 않으리라는 것을 예감한 것처럼, 그의 아내에게 잊혀진 과거의 '순간들을 상기'시키려는 가브리엘의 욕망은 헛되지 않다. 물론 이 이야기의 끝이 아직 밝혀지지는 않았다. 그러나 대부분의 경우 편지나 그레타의 '장갑' 같은 환유적 물건들이 상기시키는 커플의 '비밀스런 순간들' 등의 과거든, 또는 가브리엘이 열정적으로 그레타와 '단둘이' 있기를 열망하는 현재든, 이 단락에서 가브리엘이 그의 아내와 끊임없이 분리되는 것처럼 보이는 것은 의미심장하다. 이런 관점에서 가장 상징적인 것은 집으로 돌아오는 길에 이 두 부부가 떨어져 있다는 것이다. 이는 텍스트에 흩어져 있는 오르페우스 신화의 아이러니한 참조의 증거들을 두드러지게 만든다.

B. 신화적 유산의 형상화

첫번째로 오르페우스가 음악가라면, 죽은 자들의 추억을 되살리는 것이 음악이라는 것은 놀랍지 않다. 아내를 사로잡는 어둠의 힘을 음악으로 매혹하는 사람은 남편이 아니라 감기 걸린 테너이다. 반대로 가브리엘의 '멀리서 들리는 음악'은 그에게 모든 힘을 잃은 것처럼 보인다. 전통에 따르면, 지옥에서 나온 두 부부가 걸어온다. 조이스의 아이러니가 가장 강하게 느껴지는 부분이 여기이다. 걷는 부분의 배경은 그리스도교적 묘사와 고대 묘사의 혼합물로서 지옥의 그것과 동일하다: 경계의 전통적 이미지인 '강'이 스틱스(지옥의 강)를 연상시킨다면, 우리가 관찰한 불, 가열하지 않은 채 태우며 '가라앉은' 하늘 바닥에 빨갛게 드러난 불과, 마찬가지로 '무거운 하늘'을 위협하며 서 있는 '다른 편 강가'의 법원은 그리스도교 지옥의 아이러니한 이미지이며, 조이스 작품 속의 단테의 유산이다. 그러나 오르페우스가 그의 아내와 함께 지옥에서 탈출할 수 있는 힘을 얻었을 때, 그의 뒤를 따르던 사람은 바로 그의 아내이며, 조바심으로 돌아본 사람은 사랑하는 남편이었다. 여기서는 반대로 텍스트에서 두 번 상기하는 바처럼, 다른 사람과 가브리엘 앞에서 걷고 있는 사람은 바로 그레타이다. ("그녀는 바텔 다키 씨와 함께, 그의 앞에서 걷고 있었다.") 마찬가지로 가브리엘의 사랑의 몽상 마지막에 '돌아보고' '쳐다보는' 사람은 바로 그녀이다. 가브리엘과 그레타 모두 죽음으로 향한다는 면에서 오르페우스의 모습으로 나타나지만, 실제로 신화의 반전이 있다: 죽음의 왕국 밖으로 아내를 이끄는 사람은 남편이 아니라, 죽음의 왕국으로 남편을 이끄는 사람이 아내이다. 의미심장하게 그의 아내가 그를 쳐다보았을 때 가브리엘이 사라지지 않았지만, 그의 꿈은 끝을 맺는다. 이는 또한 화자가 끊임없이 가브리엘의 관점을 채택하는 것처럼 보일지라도, 조이스가 다음에 밝혀질 오해를 암시하는 한 방법이다.

(Ⅲ절 결론) 텍스트에서 조이스가 오르페우스의 신화를 참조한 방식은 이렇듯 매우 아이러니하다: 과거로 향하는 것은 항상 죽음으로 향하는 것이며, 그래서 가브리엘은 결국 고독을 선고받게 되고 추억에 몰두하는 것으로 만족해야 한다. 게다가 부부의 과거가 다른 것처럼 보인다. 오르페우스의 신화가 지옥의 끔찍한 힘에 대한 사랑과 예술의 승리로 표현될지라도, 가브리엘은 아내를 매개로 '멀리서 들리는 음악'을 들려 주기 시작한 죽음의 목소리 앞에 이중으로 무기력하게 보인다.

결론: 이 텍스트에 표현된 목소리의 다양성에도 불구하고, 언어

는 무기력하고 거짓된 죽음의 첫번째 징조로 표현된다. 음악적으로 얽혀진 이미지는 가브리엘의 욕망과 연결되어 있으므로 삶을 제안하는 것처럼 보인다. 그러나 여기서도 또한 죽음의 존재를 은폐하는 오해를 기반으로 한다. 그 결과 여기서 예술가는 불능을 선고받고, 사랑과 죽음에 가장 긴밀히 연결된 신화의 반전에 따라 아내는 과거의 그림자 속으로 이끈다. 이렇듯 이 텍스트는 안정적이지만 죽음으로 물든 모컨 이모들의 세계와, 가브리엘이 죽음과 맞서게 되는 고통스런 계시의 순간 사이의 전이(轉移) 역할을 담당한다: 가브리엘이 부활하는 것처럼 보이는 순간에도 그는 환상의 노예이다. 그러나 자신도 모르는 채 죽음의 왕국으로 아내를 쫓아가며, 그는 과거의 일관성 없는 계시와 진정한 부활의 유일한 조건일 수 있는 현실 생활의 자각이라는 이 이야기의 종말을 예비한다.

비교 텍스트의 분석 실례

여기서 어려운 점은 두 텍스트를 왜곡하지 않는 공동의 분석 목차를 찾아내는 것이다. 방법론적 관점에서, 각 텍스트를 따로따로 세밀하게 연구한 후 공동 목차를 선택해야 한다. 게다가 어려운 점은 원어로 쓰인 텍스트를 직접 분석하는 것이다. 라틴어인 경우 세심하게 인용문을 번역해야 한다.

【텍스트】

텍스트 1: 루카인, 《내란》, VI, 642-666절.

Haud procul a Ditis caecis depressa cauernis
in praeceps subsedit humus, quam pallida pronis
urget silua comis et nullo uertice caelum
suspiciens Phœbo non peruia taxus opacat.   645
Marcentes intus tenebrae pallensque sub antris
longa nocte situs numquam nisi carmine factum
lumen habet. Non Taenariis sic faucibus aer
sedit iners, maestum mundi confine latentis
ac nostri, quo non metuant admittere manes   650
Tartarei reges. Nam quamuis Thessala uates
uim faciat fatis, dubium est, quod traxerit illuc,
aspiciat Stygias, an quod descenderit, umbras.
Discolor et uario furialis cultus amictu
induitur, uultusque aperitur crine remoto   655
et coma uipereis substringitur horrida sertis.
Vt pauidos iuuenis comites ipsumque trementem
conspicit exanimi defixum lumina uultu:
"Ponite ait trepida conceptos mente timores.
Iam noua, iam uera reddetur uita figura,   660
ut quamuis pauidi possint audire loquentem.
Si uero Stygiosque lacus ripamque sonantem
ignibus ostendam, si me prasente uideri
Eumenides possint uillosaque colla colubris
Cerberus excutiens et uincti terga gigantes?   665
quis timor, ignaui, metuentis cernere manes?"

디스의 어두컴컴한 동굴에서 멀지 않은 곳에
대지(大地)가 뚫리고 심연으로 파고든다.
창백한 숲이 늘어진 머리채로 대지를 누르고
봉우리에서 하늘을 바라보지 않고
포이보스(빛의 신 아폴론의 별칭)에게 불가해한
주목(朱木)이 대지에 그늘을 드리운다.   645
내부에는, 소굴(巢窟) 아래 긴 밤이 생성한
암흑의 파도와 초록빛 곰팡이가
주문의 효과로만 빛날 뿐이다.
공기는 테나론의 목에 그리 무겁지 않다.
그것은 숨겨진 세상과 우리 세상의 침울한 경계이다.
그곳에서 타르타로스(지옥 아래 위치한 우주의 심연)의 왕들은
두려움 없이 망혼(亡魂)을 보낸다.   650
왜냐하면 테살리아의 여(女)예언자가 운명에 폭력을 가하기에,
그들을 그곳에 유인하기 위해
또는 그림자들 사이로 내려가기 위해
그녀가 스틱스의 그림자를 보았는지 알지 못한다.
그녀는 알록달록한 옷을 입었고
다양한 색상의 외투는 광란(狂亂)에 걸맞다;
그녀는 머리카락을 헤쳐 얼굴을 드러내고   655
독사(毒蛇)의 관(冠)을 곤두선 머리 위에 얹는다.
그녀가 눈을 고정시키고 사색이 되어 떨고 있는
젊은 남자와 그 동행인들을 보았을 때, 그녀가 말한다.
"진정하세요.
전율하는 당신의 영혼이 두려움을 야기합니다.
곧, 곧 새로운 삶이 그에게 주어질 것입니다.   660

참된 모습의 삶이, 그렇게 혼란스러워하는 모든 이들이
그가 말하는 것을 들을 수 있도록.
내가 스틱스의 호수와 불꽃이 탁탁 튀는 강을 보여 준다면
나의 권능으로 에우메니데스(복수의 여신)와
뱀의 털이 난 목을 흔드는
케르베루스(지옥문을 지키는 머리 셋 달린 개)와   665
등이 붙은 거인들을 볼 수 있을까?
비겁한 자들아,
두려워하는 망자를 보는 것은 얼마나 끔찍한가!"

텍스트 2: 위스망스, 《저승에서》, XIX장, pp.241-242.

——여기야, 샹틀루브 부인이 말했다. 그녀는 벨을 눌렀다. 창
구가 열렸다; 그녀는 베일을 걷어올렸고, 초롱이 그녀의 얼굴을
때렸다. 문이 소리 없이 사라지고, 그들은 정원으로 들어갔다.

——안녕하세요, 부인.

——안녕, 마리.

——성당 안이니?

——예, 안내해 드릴까요?

——아니, 괜찮다.

초롱을 든 여인이 뒤르탈을 살폈다. 그는, 모자 아래 망가진 늙
은 얼굴에 말려 있는 회색 머리카락을 보았다. 그러나 그녀가 담
가까이 그의 거처인 천막으로 들어갔기 때문에, 그는 관찰할 시
간이 없었다.

그는 회양목 냄새를 맡으며, 건물 현관까지 어두운 오솔길을

걷는 야생트를 따라갔다. 그녀는 마치 그녀의 집인 양 문을 밀었고, 타일 위에 구두굽 소리를 냈다.

——조심하세요, 계단이 셋 있어요. 현관에 도착해서 그녀가 말했다. 안뜰을 빠져 나와서 그들은 오래 된 집 앞에 멈추었고, 그녀는 벨을 울렸다. 한 어린 남자가 나타났다 사라졌고, 그녀에게 노래하는 듯한 부자연스런 목소리로 안부를 물었다. 그녀는 그에게 인사를 하며 지나갔고, 뒤르탈은 허물어진 얼굴, 고무로 된 흩어진 눈, 분을 덕지덕지 바른 뺨, 색칠한 입술을 스쳤다. 남색가들의 소굴에 빠졌다고 그는 생각했다.

——내가 이런 사람들을 가까이 하게 될 거라고 당신은 말하지 않았어요. 야등(夜燈)이 켜져 있는 복도 모퉁이에서 만난 야생트에게 그가 말했다.

——이곳에서 성인(聖人)을 만나리라고 생각하셨나요? 그리고 그녀는 어깨를 으쓱하고 한 문을 잡아당겼다. 그들이 있는 성당은 천장이 낮고, 타르가 더덕더덕 칠해진 대들보가 있고, 큰 커튼으로 창문이 가려져 있으며, 벽에 금이 가 있고, 색이 바랬다. 뒤르탈은 처음부터 뒤로 물러났다. 난방 장치의 입은 회오리바람을 불어댔다. 습기, 축축함, 새 난로의 역겨운 냄새, 알칼리, 송진, 태운 풀잎 등으로 격화된 냄새가 목을 조여왔고, 관자놀이를 압박했다.

그는 더듬거리며 앞으로 나갔고, 황금빛의 구리와 분홍빛 유리 촛대와 지성소 야등으로 보일 듯 말 듯한 성당을 살폈다. 야생트는 그에게 앉으라는 신호를 했고, 그녀는 한구석, 어둠 속, 소파에 앉아 있는 사람들 쪽으로 향했다. 그렇게 격리되어 있는 것에 약간 난처해 하며 그는 참석자들 중 남자는 거의 없고 여자들이 많다는 것을 알아챘다; 그러나 그들의 모습을 구별하는 것은 무리였다. 여기저기 야등의 불빛에, 쥐노 같은 뚱뚱한 갈색머리 여인과 말끔하고 슬퍼 보이는 남자의 얼굴을 보았다. 그는 그들을 주시했고, 이 여인들은 서로 재잘거리지 않는다는 것을 알아챘다; 그들의 대화는 겁먹은 듯 신중했다. 왜냐하면 어떤 웃음소리도 어떤 목소리도 들리지 않았고, 어떤 제스처도 없이 은밀하고 주저하는 밀담뿐이었다. 제기랄! 사탄이 그의 신도들을 행복하게 만드는 것 같지 않아. 그가 혼잣말을 했다.

[모범 답안]

서론: 지옥에 다가갈수록 여인의 얼굴이 강박관념에 사로잡히는 것 같다. 우리에게 제시된 두 텍스트는 이 법칙에서 벗어나지 못한다. 왜냐하면 지옥으로 내려가는 입구에서 또는 적어도 지옥 의식(儀式)이 시작될 때, 자신을 조절할 힘을 잃은 남성 파트너에 맞선 여인의 입문적(入門的) 역할이 분명하기 때문이다. 이렇듯 《내란》, VI, 642-666절에서 'ignibus(비겁한)'의 섹스투스 폼페이우스와 그의 동반자들의 공포에 찬 시선 아래, 마법이 시작되기 전 에릭토의 준비 과정이 목격된다. 《저승에서》(pp.241-242)에서는, 과거의 뒤르탈의 멸시를 복수하려는 것처럼, 그를 악마의 성당으로, 그의 '신도들'에게로 인도하는 사람은 바로 확신에 찬 샹틀루브 부인이다. 분명 어떤 면에서 상황은 반대이다. 왜냐하면 한편으로 사탄의 여인들 앞에 격리된 남자 주인공이 있고, 다른 한편으로는 마녀에 의해 제압된 남자의 무리가 있기 때문이다. 이 또한 중요하지 않은 것은 아니지만, 이 구성의 차이를 너머 두 텍스트는 지옥의 대기실을 관찰할 때부터 여인의 우월성, 그녀의 필요한 의식에 대한 완벽

한 지식, 두려움의 완전한 부재(不在)를 강조한다. 그래서 지옥이 근본적으로 여성적이지는 않은가, 지옥이 여인의 집은 아닌가 자문하게 된다. 대기실에서만 여인이 우월하지 않다면, 지옥으로 내려가는 글쓰기에서 그녀는 실용적인 역할만을 맡게 될 것인가. 이 질문에 대답하기 위해, 우리는 무엇보다 우선 이 대기실의 모호성에 대해 연구할 것이다. 게다가 이 대기실은 모호할 뿐만 아니라 다른 것으로 변화하는 세상, 왜곡의 장소이다. 결국 이 왜곡은 '여성화'일 뿐이며, 그때 지옥은 여인의 제국——허위——일 것이다.

I. 지옥의 대기실: 모호한 장소

A. 두 세상 사이

지옥의 대기실이 모호함의 장소라면, 그것은 이미 대기실이 그 위치에 의해 두 세상 사이의 경계이며 입구이기 때문이다. 이렇듯 루카인의 작품 속에 에릭토가 있는 장소는,

> maestum mundi confine latentis
> ac nostri,
> 숨겨진 세상과 우리 세상의 침울한 경계이다.

두번째 절 처음에서 두 세상의 분리를 강조하고, 이 매개 장소를 분명히 지칭할 수 없음을 강조하는 'ac nostri(경계)'의 거부이다.

이 불확실성은 652-653절에 의해 강조된다:

> dubium est, quod traxerit illuc,
> aspiciat Stygias, an quod descenderit, umbras.

그들은 그곳에 유인하기 위해

또는 그림자들 사이로 내려가기 위해

그녀가 스틱스의 그림자를 보았는지 알지 못한다.

여기서 간접의문문의 두 요소의 교차는 지옥의 입구에서 이루어지는 혼돈을 강조한다. 위스망스의 텍스트에서 이 매개 세계의 개념은 덜 뚜렷하지만, 비밀스럽고 새로운 세상으로의 통과를 가리키는 성당 안으로의 입당 예식을 통해 존재한다. 이를 이해하려면 이 의식의 여러 단계를 살펴보는 것으로 충분하다. '창구,' 이어 '어두운 오솔길,' '계단,' '현관,' 그리고 '안뜰,' 새로운 문, '복도.' 마치 모든 지표들을 뒤섞어 놓는 것처럼, 끊임없이 새롭게 시작하며, 이 혼돈은 장소의 모호함과 유사하다.

B. 역설적인 의식

입구의 두번째 모호함은 정확히 어떤 일이 벌어질지 모른다는 점과, 예상된 지옥의 의식 자체가 역설적이라는 점에서 기인한다. 그래서, 에릭토가 죽인 사람에게 마법을 걸 때, 그녀 자신이 "Iam noua, iam uera reddetur uita figura(곧, 곧 새로운 삶이 그에게 주어질 것입니다)"라고 알린다.

그리고 마치 지옥이 아닌 다른 곳에서 체험된 삶이 환상에 지나지 않은 것처럼, 지옥의 마법에 의해 돌려진 삶이 'uera figura(참된 모습)'를 간직하고 있다는 것은 더 역설적이다——이 경우, 'daydreams'로 구성된 지상의 삶이 지옥의 'real night'와 대조를 이루는 제임스 톰슨의 《무서운 밤의 도시》의 노래 XII편과 이 텍스트를 비교할 수 있으리라. 위스망스 작품의 모호성은 다르며 의식의 본질과 관계가 있다: 어둠의 미사는 진짜 성당에서 진행되며,

뒤르탈이 이전의 장에서 알았던 것처럼 사제가 집도하는 진정한 미사이다. 여기에 또한 지옥의 입구는 상반된 2개의 얼굴로 등장한다.

C. 신비한 매력

마지막으로 가장 당혹스러운 점은 이미 인용한 루카인의 시구가 지적하는 점이다:

> dubium est, quod traxerit illuc,
> aspiciat Stygias, an quod descenderit, umbras.
> 그들은 그곳에 유인하기 위해
> 또는 그림자들 사이로 내려가기 위해
> 그녀가 스틱스의 그림자를 보았는지 알지 못한다.

이 두 절은 위에서 이미 분석한 바 있다. 그러나 다른 각도에서 접근해 볼 수 있다. 이때 지옥에 내려가는 문제에 대해 중요한 의문이 제기된다: 선택되어서 지옥에 가는 것인가, 아니면 저항할 수 없는 매혹 때문인가? 그들 속에 내려가도록 예전부터 운명지어졌다면 장님들을 몰아세운다고 믿는, 에르네스토 사바토의 《알레잔드라》속의 페르난도 비달의 환상을 생각하게 된다. 위스망스의 텍스트에서는 XVIII장(p.236)에 위치한 뒤르탈의 다음의 지적을 빠뜨릴 수 없다: "……그리고 사물들이 서로 끌어당기고 서로 연결되는 것처럼 내가 현대의 악마주의를 볼 수 있기 위해, 중세의 악마주의와 질 드 레에게 관심을 쏟아야만 했다!" 정확히 샹틀루브 부인이 뒤르탈에게 그가 암흑의 미사를 참관하게 되리라는 사실을 알려 준 직후의 지적이다. 지옥의 입구에서 약속을 하고 간 것인지, 또는 우리를 불러서 간 것인지 더 이상 알 수 없다.

II. 퇴폐의 장소

그러나 지옥의 대기실은 단지 두 세상의 경계만은 아니다. 그것은 또한 세상이 변질되고, 다른 세상으로 변형되는 퇴폐의 장소이기도 하다. 어떤 면에서 종교 의식의 퇴폐는 전염적이며, 가까이든 멀든 지옥을 접한 모든 것들은 고유의 본질을 잃는다.

A. 빛의 변질

이중의 변질인 만큼 빛의 변질은 가장 두드러진 현상 중의 하나이다. 실제로 자연 빛은 지옥의 입구에서 멈춘다: 빛의 불투과성을 강조하는 이중의 부정으로 'Ditis cauernae(디스 동굴)'는 'caecae(어두컴컴)'하며, 'Phœbo non peruia(포이보스에게 불가해한)'의 숲이다; 《저승에서》에서 창문들은 '큰 커튼으로 가려져' 있다. 원칙적으로 빛이 자유로이 유입되고 색유리를 통해 변화하는 것이 교회의 두드러진 현상이다. 이 고의적인 어두움은 단테의 'mondo cieco'(《지옥편》, IV, 13)는 물론 톰슨의 시구(《무서운 밤의 도시》, I)를 상기시킨다:

The sun hath never visited that City.

그리고 사바토의 작품 속에서, 차단된 창문을 통해 장님들의 집을 볼 수 있다. 그러나 이것은 첫번째 변질에 지나지 않는다: 왜냐하면 인공 불빛이 퇴폐적이며, 적어도 그 역할이 변형되기 때문이다. 이렇듯 루카인의 텍스트에서 'carmen(주문)'만이 이 가공의 빛을 불러일으킬 수 있다; 위스망스의 작품에서 '야등'은 그 책임을 다하지 못한다. 그러므로 자연적이든 인공적이든 빛은 지옥에서 무효하다.

B. 부패된 환경

더욱 '현대' 지옥을 특징지어 줄 다른 부패는 이미 루카인의 기호들 속에 등장한다. 바로 환경의 부패이다. 실제로 "maestum mundi confine latentis/ac nostri(숨겨진 세상과 우리 세상의 침울한 경계이다)"를 확인할 수 있는 것은 "aer/sedit iners(공기는 무겁다)"이다. 이런 측면은 분명 위스망스의 텍스트에, 어떤 의미로는 현대 지옥의 상징으로 "습기, 축축함, 새 난로의 역겨운 냄새, 알칼리, 송진, 태운 풀잎 등으로 격화된 냄새"에 의해 더욱 뚜렷하다. 왜냐하면 여기에서 전통적인 요소들, '악마에게 좋은 향기'와 난로와 같은 현대적인 요소의 난입을 동시에 찾을 수 있기 때문이다. 그런데 난로의 이미지는 분명히 근거 없는 것은 아니다. 왜냐하면 에르미 사람들에 따르면, 이는 '실용주의'(V장)와 그 공포를 나타내기 때문이다. 다른 측면에서, 지옥의 의미 없는 이미지로서 '난방 장치의 입'의 존재는 난로의 냄새가 현대 지옥에 현존한다는 것을 보여 준다. 지옥의 환경은 그러므로 퇴폐의 환경이다 —— 또한 사바토 작품 속의 부에노스아이레스의 배수관을 기억할 수 있다 —— 현대 지옥은 지독한 냄새가 난다.

C. 자연의 변질

변질된 배경에서, 지옥 의식의 거행자들은 일반적인 부패의 영향을 피할 수 없다. 더 정확히 말하자면, 이 두 텍스트에서 우리는 동일하게 황폐해 가는 인간 세상과 동물 또는 식물 세상의 교환을 목격하게 된다. 그래서 루카인의 텍스트에서, 'coma(머리카락)'라는 단어는 숲과 에릭토의 머릿결을 지칭한다. 642-648절의 배경은 'pallida silua(창백한 숲),' 'marcentes tenebrae(암흑의 파도)'가 증명하듯, 본질적으로 인간적인 나른함으로 신음하는 것처럼 보인다. 더군다나 'situs'(647절)란 단어는 곰팡이·부패는 물론 몸의 더러움을 의미할 수 있으며, 인간의 영역에 속할 수 있다. 마지막으로 'Ditis cauernae(디스 동굴)'와 관계된 'caecis(어두컴컴)'란 형용사는 단지 변환법이 아니다. 그것은 특히 황폐와 동일한 자연의 인간화이다. 남자들에 의한 자연의 오염은 질 드 레가 본 티포주의 숲(XI장)을 연상시키고, XI장의 주된 은유의 원칙을 세우는 문장을 에릭토에게 적용시킬 수 있다: "그 앞에서 자연은 부패되는 것 같고, 자연을 훼손시키는 것은 그의 존재 자체인 듯하다." 반대로 에릭토에게서, 특히 'coma horrida(곤두선 머리)'와 동일한 것 같은 'uiperea serta(독사의 관)'를 매개로 동물의 특징, 또는 동물의 세계와 유사성을 발견하는 것은 놀라운 일이 아니다. 위스망스의 텍스트에서 위스망스에게 중요하면서 새로운 활력을 주는, 은유인 'caqueter(꼬꼬댁거리다)'라는 동사는 이제 더 이상 인간만이 아니라 다른 것, 이미 분해된 어떤 것이 문제라는 점을 지적한다. 결국 표면적으로는 하찮은 것 같은 마지막 이미지 '난방 장치의 입'은 다른 세계간의 교환을 증거한다.

III. 여인의 제국

이미지들의 기록, 이 이미지의 존재들을 자세히 연구하려면, 여인의 세상이 항상 다소 함축적으로 내재되어 있다는 것을 지적해야 한다. 그래서 위스망스에게서처럼 루카인에게 이 변질이 두 텍스트에서 지옥의 대기실이 여인에게 우호적인 장소가 아니라면, 여인의 능력의 확장, 여인의 전지전능의 결과를 더 심층적으로 가져오는 것은 아닌지 자문할 수 있다.

A. 입문자의 역할

《내란》에서처럼 《저승에서》의 발췌문에서, 에릭토의 663절의 표현 'me præsente(나의 권능)'가 상징하듯, 마치 지옥의 입구에서 그녀의 존재만이 여인의 모습에 비범한 힘을 부여할 수 있는 것처럼 여인은 입문자로서의 중요 역할을 담당한다. 샹틀루브 부인은 '마리'의 도움을 거절하고 안내자·매개자의 역할을 맡으며, '그녀의 집인 양' 뒤르탈에게 길을 안내한다. 이 태도와 상반되는 뒤르탈의 위치는 '따라가는' 관람객의 입장이며, 더 나아가 숨막혀 '뒤로 물러서거나' '더듬거리며' 앞으로 나갔고, 자신을 제어하지 못한다. 루카인의 텍스트에서 섹스투스 폼페이우스 '주인공'의 태도는 노래에 남자 주인공들의 출현이 극히 제한되어 있는 만큼 더욱 흥미롭다. 게다가 섹스투스 폼페이우스는 단지 관람객일 뿐만 아니라, 'tremens(떨고 있는)'하고 'exanimi uultu(사색이 되어)'조차 한 관객이다. 에릭토는 그의 존재만으로 생명을 돌려 주는 것만큼 빼앗을 능력을 가진다. 마지막으로 섹스투스 폼페이우스와 그의 동료들을 안심시키는 것은 여자 에릭토이다! 그러므로 이 두 텍스트에서 남자 주인공(들)은 현저히 낮은 지위에 머문다.

B. 지옥의 여성화

지옥의 '여성화'라 불린 것은 단지 이 우월성에 국한되는 것은 아니다. 마치 모든 비정상화가 여성의 기호 아래에만 놓일 수 있는 것처럼, 이것은 지옥의 대기실을 점령한 여성 세계 전체나 또는 모든 상징들인 듯하다. '분을 덕지덕지 바른 뺨,' '색칠한 입술'의

'어린 남자'는 여성 세계에 의거한 경우이다. 그러나 드문 현상이긴 하지만, 에릭토가 하찮은 머리 장식에 'discolor cultus(알록달록한 옷)'를 선택해서 'uario amictu(다양한 색상의 외투)'에서 일종의 걸맞지 않은 교태로 진짜 여성적 특징을 나타내기도 한다. 이런 종류의 표현은, 에릭토의 얼굴을 알아보는 'crine remoto(얼굴을 드러내고)'의 묘사가 거의 추잡한 것으로 그려지는 노래에서 그리 자주 등장하지는 않는다. 《저승에서》의 발췌문에서 '더덕더덕 칠해진 대들보,' '황금빛의 구리와 분홍빛 유리 촛대'의 저속한 취향까지, 위스망스의 작품 속에 전형적인 여성의 저속한 취향에 대한 비교로 여인의 거실, 규방을 암시하는 '소파'의 존재까지 이런 종류의 표현이 있는 것은 아니다. 문지기에게 인사하고, '소파에 앉아 있는 사람들 쪽으로 향하는' 샹틀루브 부인의 태도에서도 세속성을 발견한다. 그래서 '지옥의 대기실'이라는 용어는 매우 다른 의미를 내포하게 된다. 대기실은 기다리는 장소이며, 여인들이 매우 확고한 자리를 차지하고 있는 것 같은 장소이며, 은밀하고 가족적인 방이다. 결국 '현대' 지옥, 위스망스의 지옥은 아마도 루카인의 지옥보다 더 끔찍하다. 왜냐하면 여인들의 저속한 취향이 지배적이기 때문에.

C. 남성 화자의 '도전'

여자가 우월적인 위치를 차지한 반면, 이런 지위를 그녀에게 부여한 사람이 남자 화자이고, 이런 이유로 여자는 아마도 지옥에 들어가기 위한 도구에 지나지 않으리라. 여자 주인공의 이런 실용적 역할은 위스망스의 작품 속에 분명하다. 왜냐하면 뒤르탈이 샹틀루브 부인과의 관계를 유지하는 것은 악마주의에 대한 정보를 얻으려는 희망에서이기 때문이다. 대부분의 《저승에서》의 발췌문에서 뒤르탈이 당황한 관객으로 보여졌지만, 마지막의 약간 조롱 섞인 강한 감탄문("제기랄! 사탄이 그의 신도들을 행복하게 만드는 것 같지 않아")은 이런 종류의 의식과 거리를 두어 상황을 '장악'하려는 의지로 해석된다. 루카인에게도 동일한 이중성이 나타난다. 왜냐하면 두려움에도 불구하고 섹스투스 폼페이우스가 에릭토를 이용하기 때문이며, 모호한 위치의 화자가 그의 소극적인 태도에도 불구하고 독자에게, 특히 에릭토에 관해 공포를 야기하기 때문이다. 'furialis(광란)' 또는 'horrida(곤두선)'라는 표기는 화자가 '중립적'인 이야기에 만족하지 않는다는 것을 잘 보여 준다. 여인이 지옥 입구에서 편안함을 느낀다면, 아마도 이는 지옥으로 내려가려는 남자 주인공 또는 화자에게 봉사하기 위함일 뿐이리라.

결론: 지옥을 묘사할 때 여인이 항상 출현하는 것은, 무엇보다도 우선 외형적으로는 불능해 보이지만 관대한 관객, 남자 화자를 통해서이다. 그러나 이 점에서 루카인의 지옥과 '현대' 지옥의 차이를 구별할 수 있지만, 비범한 여인, 마녀에 의해 표현된 지옥은 뒤르탈이 '그들의 모습을 구별하는 것은 무리'인 참석자들처럼 불분명한 그룹, 여인들이 되는 듯하다. 이런 의미에서 위스망스의 현대 지옥은 퇴폐의 은유이며, 여인의 힘이 창조해 낸 데카당스이다. 아마도 이런 의미에서 뒤르탈에게 현대 악마주의는 '막다른 골목'으로 보인다.

원 주

1) 서론과 1장·2장·3장 2절과 4장 1절은 프랑시 클로동이, 3장 1절과 4장 2절·4장 3절 그리고 4장의 모범 답안들은 카랭 아다 보틀링이 저술하였다.

2) 이 훌륭한 표현은 1951년에 출간된 후 10회 가량 재판된, 첫번째 〈Que sais-je?〉의 작가 M. -F. 기야르의 것이다.

3) 브뤼넬·피슈아·루소의 작품 속에 명시되었다. 참고 문헌을 볼 것.

4) O. 뒤크로/T. 토도로프, 《언어학 백과사전 *Dictionnaire encyclopédique des sciences du langage*》, '푸앵' 총서, 쇠유, 1972, '修辭', p.349 및 그 이하.

5) 이하 표시된 페이지는, 마르셀 프루스트, 《전집 *Œuvres complètes*》, '플레야드 총서,' 갈리마르, 1954를 참조.

6) Y. 슈브렐, 《비교문학 *La Littérature comparée*》, PUF, '크세주' 총서, 499번, 1989, p.8.

7) 아리스토텔레스, 《수사학에 관하여 *Rhétorique*》, 1354 a, I.

8) 같은 책, 1355 b, XIV.

9) M. 노엘과 드 라 플라스, 《비교문학 강의 *Cours de littérature comparée*》, t. 1, 25판, 파리, 1841, p.543.

10) 《비교문학》, J. M. 카레의 서문, PUF, 1948, 6판, p.5. 같은 전집에 실린, Y. 슈브렐의 같은 제목의 또 다른 저서는 거의 같은 개념을 재사용한다: "비교문학은 문학 비교나 대조의 한 예로 축소될 수 없다."

11) 〈비교문학에서의 비교〉, 《볼로냐대학과 유럽 문화 *L'Université di Bologna e la cultura europea*》, 아티 델 콘베뇨 V. 포르투나티 조합, 페라레, 1992 참조. S. 레나크의 평론: 〈비교학과 극단적 회의주의〉, 《종교사 잡지 *Revue d'histoire des religions*》, 1922, pp.107-115.

12) 브로샤, 《헨리 밀러, 행복한 암벽 *Henry Miller, rocher heureux*》, 갈리마르, 1978, p.232.

13) H. 레마크, in 스탈크네슈트와 프렌츠, 《비교문학, 방법과 전망 *Comparative Literature, Method & Perspective*》, 서던일리노이 출판사, 1961.

14) R. 바그너 in 《*Autobiographische Skizze*》 참조.

15) 스탕달, 《로시니의 생애 *Vie de Rossini*》, 1823, 〈서론〉, 5장: 〈모차르트의 作風〉.

16) 몽테뉴,《수상록 Essais》,〈마차〉.

17) 이 점에 대해 S. 쥉,《일반적인 비교문학: 안내서 Littérature générale et comparée: essai d'orientation》, 파리, 미나르, 1968, p.97 참조.

18) 이 단어는 F. 발당스페르제(〈비교문학: 말과 사물〉,《비교문학 잡지 Revue de littérature comparée》1호, 파리, 1921)의 것이다.

19) 이 단어는 위험한 프랑스 비교주의 편집증을 질책하려 한 R. 웰렉(《문학이론 Théorie de la littérature》, 쇠유, 1971, p.67 ; 영어 초판, 뉴욕, 1942)의 것이다.

20) M. -F. 기야르, 앞의 책, 6판, p.5.

21) R. 에티앙블,《비교는 이성이 아니다 Comparaison n'est pas raison》, 갈리마르, 1963. p.73.

22) A. 지드,《핑계 Prétextes》, 갈리마르, 1903.

23)《도스토예프스키 Dostoïevski》, 재판, 이데/갈리마르, 48호, p.229.

24) 같은 책, p.219.

25) Y. 슈브렐,《비교문학》, 앞의 책, p.123.

26) L. 제니의 표현이다.《시학 Poétique》, 27호, 1976, p.262. 우리는 위에서 인용한 뒤크로와 토도로프의《언어학 백과사전》의 〈텍스트〉 논문에서 J. 크리스테바가 제시한 개념보다 제니의 표현을 더 선호할 것이다.

27) J. 조이스,《젊은 예술가의 초상 Portrait de l'artiste en jeune homme》, 폴리오-갈리마르, 파리, p.272.

28) 같은 책, p.325.

29) 토마스 만,《베네치아에서의 죽음 Mort à Venise》, 리브르 드 포슈, 파리, p.126.

30) 이 표현은 모니크 생 엘리에가,《노엘을 위해 릴케에게 A Rilke pour Noël》, 베른, 1927에서 인용하였다. 그러나 이 문제에 관심을 가지는 M. 베몰(〈릴케와 그 영향〉,《R. L. C.》, 1953년 4-6월)·Ch. 데데양(《릴케와 프랑스 Rilke et la France》, 세데, 파리, 1963, 4권)·R. 콕스(《변형의 문채: 릴케와 발레리의 예 Figures of Transformation: Rilke and the Example of Valéry》, 런던, 1979)를 포함한 모든 비교학자들에 의해 이 표현은 어김없이 사용되었다.

31) J. -F. 앙젤로의 번역.

32) E. 메이슨,《릴케 Rilke》, 에든버러/런던, 1963.

33) 뒤크로와 토도로프, 앞의 책, p.194.

34) Ph. 샤르댕, 〈비교주의 주제 연구〉,《비교문학개요 Précis de littérature comparée》, p.165, 참고 문헌 참조.

35) R. 트루송,《주제와 신화 Thèmes et mythes》, 브뤼셀, 1981.

36) Ch. 데데양, 《파우스트의 주제 Le Thème de Faust》, 미나르, 1954-1965.

37) A. 다베지, 《파우스트 신화 Le Mythe de Faust》, A. 콜랭, 'U' 총서, 1972.

38) J. 루세, 《동 쥐앙의 신화 Mythe de Don Juan》, 1978, A. 콜랭, 〈U 프리즘〉.

39) P. 브뤼넬(감수), 《문학신화사전 Dictionnaire des mythes littéraires》, 로셰 출판사, 모나코, 1989.

40) P. 브뤼넬, 《신화비평 Mythocritique》, '문체' 총서, PUF, 1992, p.33.

41) R. 야콥슨, 《여덟 가지 시학에 대한 질문 Huit questions de poétique》, 〈특질〉, '푸앵' 총서, 쇠유, 1977, p.77.

42) 같은 책, p.79.

43) 같은 책, p.79.

44) 같은 책, p.80.

45) Ph. 샤르댕, 《불행한 의식의 소설 Le Roman de la conscience malheureues》, 드로즈, 1982.

46) 가르니에 플라마리옹 출판사.

47) 재판, 파빌롱, 툴루즈, 1989.

48) A. 되블린, 《베를린 알렉산더 광장 Berlin Alexanderplatz》, 1권, 3장, 자노비흐의 이야기; 프랑스어 번역판(조야 모찬 번역, 갈리마르, '폴리오' 와 '뒤 몽드 앙티에' 총서)은 이디시어를 살리지 못했다.

49) 토마스 만, 《마의 산 La Montagne magique》, 5장 2절, 'Die Walpurgisnacht.'

50) 예를 들어, Ph. 샤르댕은 '불행한 의식의 소설' 에 대해 언급한다(그의 작품 《불행한 의식의 소설》 참조). S. 사르카리는 그의 논문 《20세기 여명기의 형태, 사회성 그리고 情報의 과정, 현대 이야기의 사회시학 Forme, socialité et processus d'information à l'aube du XX⁰ siècle, socio-poétique du récit moderne》(르프로그라피 릴 III, 1985)에서 '世紀 변환기의 소설' 에 대해 말한다.

51) 이 점에 대해서는 J. 베시에르의 논문, 《거슬러 올라가는 조국, 잃어 버린 세대의 미국 작가들과 프랑스 La Patrie à rebours, les écrivains américains de la génération perdue et la France》(상피옹, 1978)를 참조할 수 있다.

52) '푸슈킨의 단순함과 청명함' (p.7)을 강조한 A. 마르티네즈의 《O. C.》(1권, 라주 돔, 로잔, 1973)의 서론이나, 같은 의미로 괴테의 영향에 대해 말하는 A. 메니외를 참조하라.

53) 이 인용문은, 갈리마르, '폴리오' 총서, 2부 3장, p.127을 근거로 한다.

54) 이 논제에 관해서는, M. 바크틴의 《도스토예프스키 시학의 문제 Pro-

blèmes de la poétique de Dostoïevski⟩(라주 돔, 로잔, 1980)를 참조하라. 이 주제에 대해 '多聲 소설'이란 표현은 M. 바크틴이 처음으로 사용하였다.

55) F. 니체의 ⟪비극의 탄생 *La Naissance de la tragédie*⟩(1871) 참조.

56) 하이데거, ⟪횔덜린의 접근 *Approches de Hölderlin*⟩, 갈리마르, 1962.

57) 파스칼, ⟪광세 *Pensées*⟩, 136(라뤼마), 〈오락〉.

58) 같은 책, 414(라뤼마), 〈가난〉.

59) 더블린 법원.

60) 다음에 우리가 관찰하게 될 것처럼 욕망은 불이라는 언어 영역과 관련이 있다. 그러나 자크 오베르의 번역이 여기서 조이스의 자발적인 효과를 암시하는 점은 잘못이다.

권장 도서 목록

비교문학 석사 학위 또는 박사 학위 준비 과정 및 박사 학위를 준비하는 비교문학가들이 알아야 할 권장 도서 목록을 소개한다.

■ 장르

1. 비 극

아이스킬로스 《오레스테이아 *L'Orestie*》
소포클레스 《오이디푸스 왕 *Œdipe Roi*》
에우리피데스 《주신 바코스의 시녀들 *Les Bacchantes*》
세네카 《파이드라 *Phaedra/Phèdre*》
로페 데 베가 《올메도의 기사 *El caballero de Olmedo/Le Cavalier d'Olmedo*》
셰익스피어 《리어 왕 *King Lear/le roi Lear*》
코르네유 《르 시드 *Le Cid*》
라신 《페드르 *Phèdre*》
실러 《마리아 슈투아르트 *Maria Stuart/Maria Stuart*》
클라이스트 《펜테질리아 *Penthesilea/Penthésilée*》
뷔히너 《당통의 죽음 *Dantons Tod/La Mort de Danton*》
이바노프 《아가멤논 *Agamemnon/Agamemnon*》
알피에리 《필리포 *Filippo/Philippe*》

2. 희 극

아리스토파네스 《개구리들 *Les Grenouilles*》
플라우투스 《메네크미 *Menaechmi/Les Ménechmes*》
테렌티우스 《아델피 *Adelphae/Les Adelphes*》
중세 무명 작가 《피에르 파틀랭 선생의 소극 *La Farce de Maistre Pierre*

Pathelin》

중세 무명 작가 《다니엘 극 *Le Jeu de Daniel*》

마키아벨리 《만드라골라 *La Mandragola/La Mandragore*》

셰익스피어 《한여름 밤의 꿈 *A Midsummer Night's Dream/Le Songe d'une nuit d'été*》

벤 존슨 《볼포네 *Volpone/Volpone*》

로페 데 베가 《어리석은 숙녀 *La dama boba/La Fille sotte*》

루이스 데 알라르콘 《의심스러운 진실 *La verdad sospechosa/La Vérité suspecte*》

몰리에르 《서민귀족 *Le Bourgeois gentilhomme*》

　　　　　《타르튀프 *Tartuffe*》

라신 《소송광들 *Les Plaideurs*》

골도니 《두 주인의 하인 *Il Servitore di due padroni/Le Serviteur de deux maîtres*》

레싱 《미나 폰 바른헬름 *Minna von Barnhelm/Minna von Barnhelm*》

그릴파르처 《거짓말쟁이에게 화 있으라! *Weh dem, der lügt!/Malheur à qui ment!*》

고골리 《검찰관 *Revizor/Le Revizor*》(ou : 《*L'Inspecteur*》)

자리 《위뷔 왕 *Ubu Roi*》

3. 드라마

하우프트만 《직조공들 *Die Weber/Les Tisserands*》

입센 《로스메르스홀름 *Rosmersholm*》

체호프 《벚꽃 동산 *Vi̇šnevyj sad/La Cerisaie*》

쇼 《인간과 초인 *Man and Superman/L'Homme et le surhomme*》

피란델로 《작가를 찾는 6명의 등장 인물 *Sei Personaggi in cerca di autore/Six personnages en quête d'auteur*》

오닐 《밤으로의 긴 여로 *A Long Day's Journey into Night/Le Long Voyage dans la nuit*》

오케이시 《쟁기와 별 *The Plough and the Stars/La Charrue et les étoiles*》

가르시아 로르카 《베르나르다 알바의 집 *La casa de Bernada Alba/La maison de Bernarda Alba*》

브레히트 《카프카스의 백묵원 *Der kaukasische Kreidekreis/Le Cercle de craie caucasien*》

베티 《사법 공관에서의 부패 *Corruzione al Palazzo di Giustizia/Corruption au palais de justice*》

사르트르 《닫힌 방 *Huis Clos*》

부에로 바예호 《성 오비디오의 음악회 *El concierto de San Ovidio/Le Concerto de saint Ovidio*》

스트린드베리 《다마스쿠스로 *Le Chemin de Damas*》

클로델 《비단 구두 *Le Soulier de satin*》

4. 부조리 연극

비트키에비치 《광인과 수녀 *Wariat i zakonnica/Le Fou et la nonne*》

곰브로비치 《이본, 부르고뉴의 공주 *Iwona, ksieczniczka Burgund/Yvonne, Princesse de Bourgogne*》

이오네스코 《수업 *La Leçon*》

《의자 *Les Chaises*》

베케트 《고도를 기다리며 *En attendant Godot*》

《승부의 끝 *Fin de Partie*》

아라발 《자동차 묘지 *Le Cimetière des voitures*》

데리코 《숲 *La foresta*》

핀터 《귀향 *The Homecoming/Retour à la maison*》

올비 《동물원 이야기 *Zoo Story/Zoo Story*》

프리슈 《비더만과 방화범 *Biedermann und die Brandstifter/Biedermann et les incendiaires*》

사스트레 《에스쿠아드라 하키아 라 무에르테 *Escuadra hacia la muerte*》

뒤렌마트 《노부인의 방문 *Der Besuch der alten Dame/La Visite de la vieille dame*》

주네 《흑인들 *Les Nègres*》

5. 서사시

호메로스 《오디세이아 *Odyssée*》
         《일리아스 *Iliade*》
베르길리우스 《아이네이스 *Aeneis/Énéide*》
단테 《신곡 *La Divina Commedia/La Divine Comédie*》
롱사르 《라 프랑시아드 *La Franciade*》
에르시야 이 수니가 《아라우코인 *La Araucana/Araucana*》
밀턴 《실락원 *The Paradise Lost/Le Paradis perdu*》

6. 중세 소설

크레티앵 드 트루아 《에레크와 에니드 *Érec et Énide*》
                《페르스발 *Perceval*》
아우에, 하르트만 폰 《에레크 *Érec*》
에셴바흐, 볼프람 폰 《파르치팔 *Parzival/Parsifal*》
슈트라스부르크, 고트프리트 폰 《트리스탄과 이졸데 *Tristan*》
토마스 《트리스탄 *Tristan*》
맬러리 《아서 왕의 죽음 *La Mort d'Arthur*》
보이아르도 《사랑에 빠진 오를란도 *Orlando Innamorato/Roland amou-
reux*》

7. 영웅 서사시

호메로스 《일리아스 *Iliade*》
베르길리우스 《아이네이스 *Aeneis/Énéide*》
프랑스 무명작가 《롤랑의 노래 *La Chanson de Roland*》
독일 무명작가 《니벨룽겐의 노래 *Das Nibelungenlied/Le Chant des
Nibelungen*》
스페인 무명작가 《시드의 노래 *Cantar de mio Cid/La romance du Cid*》
슬라브 무명작가 《이고리 원정기 *Slovo o Polku Igoreve/Le Dit d'Igor*》
타소 《해방된 예루살렘 *La Gerusalemme liberata/La Jérusalem délivrée*》

8. 현대 서사시

위고 《여러 세기의 전설 *La Légende des Siècles*》
괴테 《헤르만과 도로테아 *Hermann und Dorothea*》
푸슈킨 《청동 기사 *Mednyj vsadnik/Le Cavalier de bronze*》
에르난데스, 호세 《마르틴 피에로 *Martin Fierro*》
프랫 《타이태닉 호 *The Loss of the Titanic/Le Titanic*》
생 종 페르스 《원정 *Anabase*》
피란델로 《고 마티아 파스칼 *Il fu Mattia Pascal/Feu Mathias Pascal*》

9. 피카레스크 소설

페트로니우스 아르비테르 《사티리콘 *Satiricon*》
스페인 무명작가 《토르메스의 라자리요 *Vida de Lazarillo de Tormes y de sus fortunas y adversidades/Lazarillo de Tormes*》
알레만 《알파라체의 구스만 *Guzman de Alfarache*》
케베도 이 비예가스 《건달의 생애 *La vida del Buscon llamado/Buscon*》
에스피넬 《오브레곤의 기사 마르코스의 생애 *Marcos de Obregon*》
내시 《불행한 여행자 *The Unfortunate Traveller/Le Voyageur mal- heureux*》
스몰릿 《로더릭 랜덤의 모험 *The Adventures of Roderick Random/Les Aventures de Roderick Random*》
그리멜스하우젠 《짐플리치시무스 *Der abenteuerliche Simplex Simpli- cissimus/Simplicissimus*》
르사주 《질 블라스 *Histoire de Gil Blas de Santillane*》
디포 《몰 플랜더스 *Moll Flanders*》
만, 토마스 《사기꾼 펠릭스 크룰의 고백 *Felix Krull/Félix Krull chevalier d'industrie*》
그라스 《양철북 *Die Blechtrommel/Le Tambour*》
실로네 《빵과 포도주 *Vino e pane/Le Pain et le vin*》

10. 일기 · 고백록 · 자서전

아우구스티누스 《고백록 *Confessiones/Confessions*》
첼리니 《첼리니의 삶 *Vita/Vie de Cellini*》

테레사(아빌라의 성 테레사) 《예수의 수녀 테레사의 생애 *El Libro de su vida/Le Livre de sa vie*》

루소 《고백록 *Les Confessions*》

보즈웰 《런던 일기 *The London Journal/Journal*》

괴테 《시와 진실 *Dichtung und Wahrheit/Poésie et Vérité*》

니에보 《80세 노인의 고백 *Le confessioni di un Ottuagenario/Confessions d'un octogénaire*》

아미엘 《내면의 일기 *Journal intime*》

톨스토이 《유년 시절·소년 시절·청년 시절 *Detstvo, otročestvo i junost'/Enfance et adolescence*》

투르게네프 《잉여 인간의 수기 *Dnevnik lišnego čeloveka/Le Journal d'un homme de trop*》

고리키 《나의 대학들 *Moi universitety/Souvenirs de ma vie littéraire*》

릴케 《말테 라우리츠 브리게의 수기 *Die Aufzeichnungen des Malte Laurids Brigge/Les Cahiers de Malte Laurids Brigge*》

조이스 《젊은 예술가의 초상 *A Portrait of the Artist as a Young Man/Portrait de l'artiste en jeune homme*》

바로하 《어느 행동인의 비망록 *Memorias/Mémoires d'un homme d'action*》

바스콘셀로스 《멕스코의 율리시스 *Ulissipo*》

11. 서간체 소설

오비디우스 《여주인공들의 편지 *Heroïdes/Les Héroïdes*》

산 페드로, 디에고 데 《사랑의 감옥 *Carcel de Amor/La Prison des amours*》

후안 데 세구라 《연애편지 그 이후 *Processo de cartas de amores que entre dos amantes passaron/Suite de lettres d'amour*》

[마리아 알코푸라두] 《포르투갈 서한 *Lettres portugaises*》

벤, 에이프라 《한 귀족과 그의 누이와의 연애 편지 *Love Letters between a Nobleman and his Sister*》

몽테스키외 《페르시아인의 편지 *Lettres persanes*》

카달소 이 바스케스 《모로코인의 편지 *Cartas marruecas/Lettres maro-caines*》

리처드슨 《파멜라 *Pamela, or Virtue Rewarded/Pamela*》

루소 《신엘로이즈 *Julie ou La Nouvelle Héloïse*》

스몰릿 《험프리 클링커의 원정 *The Expedition of Humphry Clinker/Voyage de Humphry Clinker*》

괴테 《젊은 베르테르의 슬픔 *Werther/Les souffrances du jeune Werther*》

포스콜로 《야코포 오르티스 최후의 편지 *Le ultime lettere di Jacopo Ortis/Les Dernières Lettres de Jacopo Ortis*》

쇼데를로 드 라클로 《위험한 관계 *Les Liaisons dangereuses*》

횔덜린 《히페리온 *Hyperion/Hypérion*》

12. 소설과 산문
● 대 립

스카롱 《희극적 소설 *Roman comique*》

볼테르 《캉디드 *Candide*》

디킨스 《올리버 트위스트 *The Adventures of Oliver Twist/Oliver Twist*》

졸라 《제르미날 *Germinal*》

오스트로프스키 《가난은 죄가 아니다 *Bednost' ne porok/Pauvreté n'est pas vice*》

투르게네프 《사냥꾼의 수기 *Zapiski Okhotnika/Récits d'un chasseur*》

만, 하인리히 《종속자 *Der Untertan/Le Sujet*》

이카사 《작은 땅 *Huasipungo*》

실로네 《폰타마라 *Fontamara/Fontamara*》

센데르 《여명의 역사 *La Cronica del Alba/Chronique de l'aube*》

오웰 《1984년 *Nineteen Eighty-Four/1984*》

베르토 《산적 *Il brigante/Le Brigand*》

아스투리아스 《대통령 각하 *El Senor Presidente/Monsieur le Président*》

고이티솔로 《손장난 *Juego de manos/Jeux de mains*》

솔제니친 《제1원 *V pervom krugu/Le Premier Cercle*》

● 유토피아

플라톤 《공화국 *La République*》

　　　《성경 *La Bible*》

아우구스티누스 《신국 *De civitate Dei/La Cité de Dieu*》

모어 《유토피아 *Utopia/L'Utopie*》

라블레 《가르강튀아와 팡타그뤼엘 *Gargantua*》

캄파넬라 《태양의 나라 *Civitas solis/La Cité du soleil*》

베이컨 《신아틀란티스 *The New Atlantis/La Nouvelle Atlantide*》

버턴 〈내 유토피아 A Utopia of My Own〉, 《우울증의 해부 *The Anatomy of Melancholy/L'Anatomie de la mélancolie*》

하인제 《아르딩겔로와 축복받은 섬 *Ardinghello und die glückseligen Inseln/Ardhinghello*》

카베 《이카리아 여행 *Voyages en Icarie*》

버틀러 《에레혼 *Erewhon/Nouveaux voyages en Erewhon*》

자먀틴 《나의 *My/Nous autres*》

헉슬리 《멋진 신세계 *Brave New World/Le meilleur des mondes*》

오웰 《1984년 *Nineteen Eighty-Four/1984*》

칼비노 《나무에 오른 남작 *Il barone rampante/Le Baron rampant*》

● 소설의 소설. 문제소설

비엘리 《페테르부르크 *Peterburg/Petersbourg*》

지드 《사전꾼들 *Les Faux-Monnayeurs*》

더스 패서스 《맨해튼 역 *Manhattan Transfer/Manhattan Transfer*》

되블린 《베를린 알렉산더 광장 *Berlin Alexanderplatz/Berlin Alexanderplatz*》

가다 《슬픔의 이해 *La cognizione del dolore/La Connaissance de la douleur*》

바르가스 요사 《도시와 개 *La ciudad y los perros*》

피란델로 《세라피노 구비오의 노트 *Quaderni di Serafino Gubbio Operatore/Les Cahiers de Séraphin Gubbio*》

● 1인칭 소설

페트로니우스 아르비테르 《사티리콘 *Satiricon/Satiricon*》

케베도 이 비예가스 《건달의 생애 *La vida del Buscon llamado/Buscon*》

켈러 《녹색의 하인리히 *Der grüne Heinrich/Henri le Vert*》
도스토예프스키 《지하 생활자의 수기 *Zapiski iz Podpolja/Notes d'un souterrain*》
스베보 《제노의 의식 *La coscienza di Zeno/La Conscience de Zeno*》
셀라 《파스쿠알 두아르테 가 *La familia de Pascual Duarte/La Famille de Pascual Duarte*》
카뮈 《이방인 *L'Étranger*》
로하스 《도둑의 아들 *Hijo de ladron*》
엘리슨 《보이지 않는 사람 *Invisible Man/L'Homme invisible*》
파베세 《달과 모닥불 *La Luna e i Falo/La Lune et les feux*》

13. 중편소설
제임스, 헨리 《나사못의 회전 *The Turn of the Screw/Le Tour d'écrou*》
조이스 《더블린 사람들 *Dubliners/Gens de Dublin*》
체호프 《6호실 *Palata n° 6/La salle n° 6*》
　　　《주교 *L'Évêque*》
발세 《기구 여행 *Ballonfahrt/Le Voyage en ballon*》
바예 잉클란 《어두운 정원 *Jardín Umbrio/Jardin ombreux*》
프랑스, 아나톨 《조콩드 형제 *Frère Joconde*》
라르보 《칼쿠페레-로즈 루르댕 *Le Couperet-Rose Lourdin*》
피란델로 《항아리 *La Giara/La Jarre*》
호프만스탈 〈루시도르 *Lucidor/Lucidor*〉(《안드레아스 *Andreas et autres récits*》)
슈니츨러 《구스틀 소위 *Leutnant Gustl/Le Lieutenant Gustl*》
콘래드 《태풍 *Typhoon/Typhon*》
만, 토마스 《베네치아에서의 죽음 *Der Tod in Venedig/Mort à Venise ou Tonio Kröger ou Tristan*》
카프카 《유형지에서 *In der Strafkolonie/La Colonie pénitentiaire*》
크뤼디, 귈라(헝가리) 《여행 동반자 *Le Compagnon de voyage*》
로렌스, D. H. 《목사의 딸 *Daughters of the Vicar/Les Filles du pasteur*》
차페크(체크) 《섬 *Ostrov/L'Ile*》

헤세, 헤르만 《젊은이의 이야기 *Aus Kinderzeiten/Histoire d'une jeunesse*》

지드 《탕아의 귀환 *Le Retour de l'Enfant prodigue*》

브르통 《나자 *Nadja*》

14. 현대 고전시

보들레르 《악의 꽃 *Les Fleurs du Mal*》

랭보 《일뤼미나시옹 *Illuminations*》

말라르메 《시집 *Poèmes*》

휘트먼 《풀잎 *Leaves of Grass/Feuilles d'herbe*》

엘리엇, T. S. 《황무지 *The Waste Land/La Terre vaine*》

하임 《영원한 날 *Der ewige Tag/Le Jour éternel*》

트라클 《시선집 *Die Dichtungen/Poésies*》

벤 《정태시 *Statische Gedichte/Poèmes statiques*》

웅가레티 《시간에 대한 느낌 *Sentimento del tempo/Sentiment du temps*》

몬탈레 《오징어의 뼈 *Ossi di seppia/Os de sèche*》

알베르티, 라파엘 《천사들에 관하여 *Sobre los angeles/Sur les anges*》

네루다 《스무 편의 사랑 시와 한 편의 절망 노래 *Veinte poemas de amor y una cancion desesperada/Vingt poèmes d'amour et chant de désespoir*》

파스 〈백색 Blanco/Blanc〉

오든 〈바이런 경에게 보낸 편지 Letter to Lord Byron/Lettre à Lord Byron〉

페소아 〈늪 Marais〉

블로크 《아름다운 부인에 관한 시 *Stikhi o prekrasnoj dame/Vers à la belle dame*》

마이아코프스키 《시평론 *Kak delat stikhi?/Commentaire sur des vers*》

파스테르나크 《장벽을 넘어서 *Proverk bar'erov/Par-dessus des obstacles*》

콰시모도 《그리고 곧 이어 밤이 되려니 *Ed è subito sera/Et tout d'un*

coup c'est le soir〉

재해석된 주제

1. 오디세이아

호메로스 《오디세이아 *Odyssée*》

단테 〈지옥편 Inferno/L'Enfer〉, 노래 XXVI Canto XXVI/chant XXVI

뒤 벨레 〈율리시스처럼 행복한 Heureux qui comme Ulysse〉(소네트)

칼데론 데 라 바르카 《가장 큰 매력, 사랑 *El mayor encanto amor/Le plus grand charme, l'amour*》

셰익스피어 《트로일루스와 크레시다 *Troilus and Cressida/Troilus et Cressida*》

테니슨 〈율리시스 Ulysses/Ulysse〉

파스콜리 〈올티모 비아지오 Ultimo viaggio〉

단눈치오 〈라우스 비타에 Laus vitae/Laus vitae〉

조이스 《율리시스 *Ulysses/Ulysse*》

지오노 《오디세이아의 탄생 *La Naissance de l'Odyssée*》

카프카 《사이렌의 침묵 *Das Schweigen der Sirenen/Le Silence des Sirènes*》

욘손, 에이빈드(스웨덴) 《행복한 율리시스 *Strändernasva/Heureux Ulysse*》

2. 돈 키호테

세르반테스 《돈 키호테 *El ingenioso hidalgo Don Quijote de la Mancha/Don Quichotte*》

마리보 《현대식 돈 키호테 *Don Quichotte moderne*》

필딩 《조지프 앤드루스 *The History of the Adventures of Joseph Andrews/Aventures de Joseph Andrews*》

빌란트 《돈 실비오 폰 로살바 *Don Sylvio von Rosalva*》

우나무노 《돈 키호테와 산초의 인생 *Vida de Don Quijote y Sancho/La*

Vie de Don Quichotte et de Sancho Pança》

투르게네프 《햄릿과 돈 키호테 *Gamlet i Don Kikhot/Hamlet et Don Quichotte*》

3. 햄 릿

셰익스피어 《햄릿 *Hamlet*》

괴테 《빌헬름 마이스터의 수업시대 (IV, 5) *Wilhelm Meisters Lehrjahre (IV, 5)/Les Années d'Apprentissage de Wilhelm Meister (IV, 5)*》

라포르그 〈햄릿 *Hamlet*〉 in 《전설적 교훈담 *Moralités légendaires*》

구티에레스 나헤라 〈햄릿이 오펠리아에게 *Hamlet a Ofelia/Hamlet à Ophélie*〉

스토파드 《로젠크란츠와 길덴스턴은 죽었다 *Rosencrantz and Guildenstern are Dead/Rosencrantz et Guildenstern sont morts*》

하우프트만 《비텐베르크의 햄릿 *Hamlet in Wittenberg/Hamlet à Wittenberg*》

욘손, 에이빈드 《아브스케드 틸 함레트 *Avsked till Hamlet*》

4. 오르페우스

오비디우스 《변형담 X·XI *Metamorphoseis X·XI/Métamorphoses, X·XI*》

베르길리우스 《전원시 IV *Georgica/Géorgiques, IV*》

폴리치아노 《파볼라 도르페오 *Favola d'Orfeo*》

칼데론 데 라 바르카 《숭고한 오르페우스의 축성식 *Auto sacramento del divino Orfeo/Autosacramental du divin Orphée*》

후안 데 하우레구미 《오르페우스 *Orfeo/Orphée*》

롱사르 《오르페우스 *Orphée*》(哀歌)

릴케 《오르페우스에게 바치는 소네트 *Sonette an Orpheus/Sonnets à Orphée*》

골, 이반 《신오르페우스 *Der neue Orpheus*》

발랑슈 《오르페우스 *Orphée*》

세갈렁 《오르페우스 왕 *Orphée-Roi*》

콕토 《오르페우스 Orphée》
아누이 《에우리디케 Eurydice》
코코슈카, 오스카 《오르페우스와 에우리디케 Orpheus und Eurydike/
Orphée et Eurydice》
윌리엄스, 테네시 《추락하는 오르페우스 Orpheus Descending》

5. 암피트리온
플라우투스 《암피트루오 Amphitruo/Amphitryon》
카몽스 《안피트리옹스 Anfitriôes/Amphitryon》
로트루 《닮은 꼴 Les sosies》
몰리에르 《앙피트리옹 Amphitryon》
클라이스트 《암피트리온 Amphitryon》
지로두 《앙피트리옹 38 Amphitryon 38》
카이저 《두 번의 암피트리온 Zweimal Amphitryon/Deux fois Amphi-
tryon》

6. 이중인격
플라우투스 《메네슈미 Menaechmi/Les Ménechmes》
비비에나 《칼란드리아 La calandria》
셰익스피어 《실수 연발 The Comedy of Errors/La Comédie des err-
eurs》
티르소 데 몰리나 《녹색 스타킹의 돈 힐 Don Gil de las calzas verdes/
Don Gil aux chaussettes vertes》
호프만 《도펠겡게르 Die Doppelgänger》
《브람빌라 공주 Prinzessin Brambilla/Princesse Brambilla》
《악마의 영약 Die Elixiere des Teufels/Les Élixirs du diable》
리히터 《지벤케스 Siebenkäs》
네르발 《오렐리아 Aurelia》
포 《윌리엄 윌슨 William Wilson》
도스토예프스키 《이중인격 Dvojnik/Le Double》
모파상 《뤼돌프 아프네의 이중인격 Les Deux Âmes de Rudolf Hafner》

스티븐슨 《지킬 박사와 하이드 씨 The Strange Case of Doctor Jekyll and Mister Hyde/Le Docteur Jekyll et Mister Hyde》

제임스 《기분 좋은 곳 The Jolly Corner/Le Coin plaisant》

콘래드 《비밀 첩보원 The Secret Agent/L'Agent secret》

7. 이국 정취

타키투스 《게르마니아 Germania/la Germanie》

마르코 폴로 《밀리오네 Il Milione/Le Million》

벤, 아프라 《오루노코 Oroonoko》

볼테르 《자이르 Zaïre》

베르나르댕 드 생 피에르 《폴과 비르지니 Paul et Virginie》

괴테 《동서양의 소파 West-östlicher Diwan/Le Divan occidental-oriental》

멜빌 《타이피족 Typee》

키플링 《옛날부터 전해 오는 소박한 이야기 Plain Tales from the Hills/Simples contes des collines》

로티 《동양의 유령 Fantôme d'Orient》

가니베트 이 가르시아, 안겔(스페인) 《마야 왕국 정복 La conquista del reino de Maya/La Conquête du royaume de Maya》

콘래드 《로드 짐 Lord Jim》

헤세 《싯다르타 Siddharta》

포스터 《인도로 가는 길 A Passage to India/La Route des Indes》

생 텍쥐페리 《야간비행 Vol de nuit》

가르시아 로르카 《뉴욕의 시인 Poeta en Nueva York/Poète à New York》

참고 문헌

서점에서 구할 수 있는, 프랑스어로 쓰여진 일반 참고 도서들만을 수록한다.

● 대학 교양 과정 필독 도서

이브 슈브렐, 《비교문학 *La Littérature comparée*》, 파리, PUF, '크세주,' 1989.

다니엘 파조, H., 《일반문학과 비교문학 *La Littérature générale et comparée*》, 파리, A. 콜랭, '퀴르쉬스,' 1994.

● 학사 과정 필독 도서

피에르 브뤼넬·클로드 피슈아·앙드레 미셸 루소, 《비교문학이란 무엇인가 *Qu'est-ce que la littérature comparée*》, 파리, A. 콜랭, 'U' 총서, 1판, 1983.

샤를 데데앙, 《여행 비평 또는 비교문학사 초고 *La Critique en voyage ou esquisse d'une histoire littérature comparée*》, 파리, 에디시옹 테크니크, 1985.

● 석사 과정 이후 필독 도서

피에르 브뤼넬, 이브 슈브렐(감수), 《비교문학개요 *Précis de littérature comparée*》, 파리, PUF, 1989.

피에르 브뤼넬(감수), 《문학신화사전 *Dictionnaire des mythes littéraires*》, 파리, 에디시옹 뒤 로셰, 1988.

이브 슈브렐, 《문학 연구 조교 *L'Étudiant chercheur en littérature*》, 파리, 아셰트, '쉬페리외,' 1992.

오스왈드 뒤크로·츠베탕 토도로프, 《언어학 백과사전 *Dictionnaire encyclopédique des sciences du langage*》, 파리, 쇠유, '푸앵,' 1판, 1972.

르네 웰렉·오스탱 와랭, 《문학 이론 *La Théorie littéraire*》, 파리, 쇠유, 프랑스어 1판, 1971.

색 인

〈E. 들라크루아의 삶과 작품
　　Œuvre et vie d'E. Delacroix〉 63
《감정 교육 L'Éducation sentimentale》 33
고리키 Gorky, M. 36
《고백록 Confessions》 72
《과수원 또는 프랑스의 민감한 의무
　　Vergers ou Tendres impôts à la
　　France》 27
괴테 Goethe, J. W. von 32,33,62,69,70,72
　　73,74,75,76,91,95
《괴테와 그 시대 Goethe et son Temps》
　　64
《교황청의 지하도 Les Caves du Vatican》
　　23
그라크 Gracq, J. 23
그리보예도프 Griboyedov, A. S. 19
그레이마스 Greimas 98
《그리스도교의 본질
　　Génie du christianisme》 24,65
기 Guys, C. 63
기야르 Guyard, M. -F. 19,22
기옌 데 카스트로 Guillén de Castro 31
《꽃핀 소녀들의 그늘에서 À l'Ombre des
　　jeunes filles en fleurs》 13
〈나르시스 단장 Narcisse〉 27
《낭만주의 백과사전 Encyclopédie du
　　Romantisme》 61
《낭만주의 예술 Art romantique》 63
《내란 Bellum Civile》 131,136,143
《내부, 외부 L'Intérieur, l'Extérieur》 50

네르발 Nerval, G. de 94
《노년 Senilità》 36
노엘 Noël, M. 17
《니벨룽겐의 반지 Ring des Niebelungen》
　　22
니체 Nietzsche, F. 15,37,93
다 폰테 Da Ponte, L. 49,50,52
다베지 Dabezies, A. 34
단테 Dante, A. 130,140
《더블린 사람들 Gens de Dublin》 117
더스 패서스 Dos Passos, J. R. 38,81,
　　99,100
데데양 Dédéyan, Ch. 34,62
《데이비드 카퍼필드 David Copperfield》
　　33
도스토예프스키 Dostoyevsky, F. M. 23,
　　36
《독일론 De l'Allemagne》 63
《돈 조반니 Don Giovanni》 19,49,61
《돈 주안 Don Juan》 49,73
《동 쥐앙의 신화 Mythe de Don Juan》
　　34,49,52,59
《동 쥐앙의 전설: 문학에서의 변화,
　　낭만주의의 기원 La Légende de Don
　　Juan: son évolution dans la littérature,
　　des origines au romantisme》 34
되블린 Döblin, A. 38,81
《두이노의 비가 Elégies de Duino》 27
뒤크로 Ducrot, O. 11,32
들라크루아 Delacroix, F. -V. -E. 63

디킨스 Dickens, C. J. H. 33
라 아르프 La Harpe, J. -F. de 17
라 플라스 La Place, de 17
라마르틴 Lamartine, A. de 69
라신 Racine, J. -B. 11,12,17,19,37,83
《라신과 셰익스피어
    Racine et Shakespeare》 18
〈라텐팬거 Rattenfänger〉 80
랑 Lang, F. 38
랭보 Rimbaud, J. -N. -A. 84,94,95
레나크 Reinach, S. 19,21
레르몬토프 Lermontov, M. Yu. 68
레뮈자 Rémusat, M. de 73
렘브란트 Rembrandt, H. van R. 37
로마니 Romani, F. 20
《로미오와 줄리엣 Roméo et Juliette》
    20,33
로시니 Rossini, G. A. 20,21
《로시니의 생애 Vie de Rossini》 20
《롤라 Rolla》 69
롱사르 Ronsard, P. de 21,93
루세 Rousset, J. 34,49,50,51,52,53,54,55,59,
    61,64
루소 Rousseau, J. -J. 23,62,72,73,75
루카인 Lucain 99,35,137,139,140,141,142,
    143,144,145
루카치 Lukács, G. 64
《루케이온 Lycée》 17
《르 시드 Le Cid》 31
《르네 René》 23,24,62,64,65,70,74
《르네, 그 이상 René, supra》 75,77
리처드슨 Richardson, S. 73
릴케 Rilke, R. M. 22,27,28,29,33,35
마르몽텔 Marmontel, J. -F. 17

《마의 산 Der Zauberberg》 81
〈마지막 찬가 Derniers Hymnes〉 90
만 Mann, T. 25,26,36,81,82
만초니 Manzoni, A. 83
《말과 사물 Les Mots et les Choses》 37
말라르메 Mallarmé, S. 95
《말테 라우리츠 브리게의 수기 7
    Cahiers de Malte Laurids Brigge》 28,
    35
〈망상 II Délires II〉 94
《매혹 Charmes》 28
《맨프레드 Manfred》 62,66,75
《맨해튼 역 Manhattan Transfer》 38,81,
    100,104
메이슨 Mason, E. 29
《메이지가 알고 있었던 일
    What Maisie knew》 35
《메트로폴리스 Métropolis》 38
《명상 시집 Méditations》 69
모차르트 Mozart, W. A. 19,20,21,49,50,53,
    55,56,58,60,61
《목석 같은 손님 L'Invité de pierre》 49,
    53,54,60
몰리에르 Molière 19,20,35,49,51,52,53,54,
    55,56,58,60,61
몽테뉴 Montaigne, M. E. de 21
몽테를랑 Montherlant, H. -M. -J. -M. de
    61
《무서운 밤의 도시
    The City of Dreadful Night》 138,140
《문학신화사전
    Dictionnaire des mythes littéraires》 34
뮈세 Musset, L. -C. -A. de 62,66,69
뮈질 Musil, R. 35,82

밀러 Miller, H. V.   19

바그너 Wagner, W. R.   15,20,33

바르트 Barthes, R. G.   98

바이런 Byron, G. G.   62,63,64,68,70,71,73,
   75,76

바흐 Bach, J. S.   83

발당스페르제 Baldensperger, F.   22

발레리 Valéry, P.   22,27,28

발자크 Balzac, H. de   69,72,105

《밤의 가스파르 Gaspard de la Nuit》   37

《밤의 끝으로의 여행 Voyage au bout
   de la nuit》   19,109,111,113,116

방 티에갱 Van Tieghem, P.   62

《베네치아에서의 죽음
   Der Tod in Venedig》   25

베르나르댕 드 생 피에르
   Bernardin de Saint-Pierre, J. -H.   24

베르크 Berg, A.   38

베르트랑 Bertrand, L. -J. -N.   37

《베를린 알렉산더 광장
   Berlin Alexanderplatz》   38,81

벨레 Bellay, J. du   22

벨리니 Bellini, V.   20

보들레르 Baudelaire, C. -P.   22,51,62,63,
   106,117,125

《보리스 고두노프 Boris Godounov》   83

보마르셰 Beaumarchais, P. -A. C. de   35

《보바리 부인 Madame Bovary》   35

보쉬에 Bossuet, J. -B.   18

볼테르 Voltaire   17,37

부르주 Bourges, E.   22

부알로 Boileau, N.   19

《북회귀선 Tropique du cancer》   19

《불모의 성 Le Château des désertes》   49,

51,61

브레히트 Brecht, B.   35

브뤼넬 Brunel, P.   19,34

《비교문학 강의
   Cours de littérature comparée》   17

《비극의 탄생
   La Naissance de la tragédie》   37

《빌헬름 마이스터 Wilhelm Meister》   33

사르트르 Sartre, J. -P.   31,79,80

사바토 Sábato, E.   139,140,141

《사전꾼들 Les Faux Monnayeurs》   83

상드 Sand, G.   33,49,51,61

생트 뵈브 Sainte-Beuve, C. -A.   72

샤르댕 Chardin, Ph.   33,36

샤토브리앙 Chateaubriand, F. -A. -R.,
   vicomte de   23,62

《세기아의 고백
   Confession d'un enfant du siècle》   62

세낭쿠르 Senancour, É. P. de   72

《세비야의 농락자 El Burlador de Sevilla》
   49,51,53,54,55,56,58,60

셀린 Céline, L. -F.   19,99,109,111,115,116

셰익스피어 Shakespeare, W.   19,20,32,33,
   37,83

셸리 Shelley, P. B.   62,69

《소산문시 Petits poèmes en prose》   106,
   117

《소유된 자들 Les Possédés》   23

소크라테스 Socrates   26,27

소포클레스 Sophocles   79

《쇼베 씨에게 보낸 편지
   Lettre à M. Chauvet》   83

슈브렐 Chevrel, Y.   15,23

슐레겔 Schlegel, A. W. von   64

스베보 Svevo, I. 36

《스왕네 집 쪽으로
  Du côté de chez Swann》 12,35

《스왕의 사랑 Un Amour de Swann》 36

스키피오 Scipio, P. C. 17

스탕달 Stendhal 18,19,20,21,58,72,73

스테보 Stevo, I. 82

스페로니 Speroni, S. 22

《시와 진실 Poésie et Vérité》 72

《시학 Poétique》 24,37,69

《시학의 문제 Questions de poétique》 36

《神들의 황혼 Crépuscule des dieux》 22

《신비로운 도톨 가죽 La Peau de chagrin》
  69

《신엘로이즈 La Nouvelle Héloïse》 62,
  65,69,72,73,74

실러 Schiller, J. C. F. von 91,95

아누이 Anouilh, J. -M. -L. -P. 31,80

아라공 Aragon, L. 36

아리스토텔레스 Aristoteles 16,17,26,37,69

아리스토파네스 Aristophanes 35

아우구스티누스 Augustinus, A. 22

아이스킬로스 Aeschylos 80

아자르 Hazard, P. -G. -M. -C. 22

《아탈리 Athalie》 11

안나 카레니나 Anna Karénine 35

《알레잔드라 Alejandra》 139

알렉산더 대왕 Alexander the Great 17

알키비아데스 Alcibiades 26

알피에리 Alfieri, V., Conte 37

《앙티곤 Antigone》 31

《야코포 오르티스 최후의 편지
  Les Dernières Lettres de Jacopo Ortis》
  62

야콥슨 Jakobson, R. 35,36

《언어들에 대하여 Sur les langues》 22

《언어학 백과사전
  Dictionnaire encyclopédique des
  sciences du langage》 32

에우리피데스 Euripides 37,79,92,94

에티앵블 Etiemble, R. 22

《에피 브리에스트 Effi Briest》 35

에피쿠로스 Epicouros 21

《엘렉트라 Electre》 79

《엘렉트르 Electre》 31

《엘렌의 사랑 Sonnets pour Hélène》 21

《여자는 다 그런 것 Cosi fan tutte》 21

《여행중인 비평가 Le Critique en voyage》
  62

《역사 Histoires》 17

《영국 문학에 대한 에세이
  Essai sur la littérature anglaise》 75

《영원한 남편 L'Eternel Mari》 36

《예브게니 오네긴 Eugène Onéguine》 62

예이츠 Yeats, W. B. 22

《오디세이아 Odyssée》 21

《오디세이아의 탄생
  Naissance de l'Odyssée》 21

《오레스테이아 Orestie》 80

《오렐리아 Aurélia》 94

《오르페우스에게 바치는 소네트
  Sonnets à Orphée》 27

《오베르만 Oberman》 72

오시안 Ossian 24,68,74

《올림피아 송가 Olympique》 92

〈외팔리노 또는 영혼과 춤 Eupalinos ou
  l'Ame et la Danse〉 27

위고 Hugo, V. -M. 83

위스망스 Huysmans, J. -K.   99,134,138,
   139,140,141,142,144,145
《위험한 관계 Les Liaisons dangereuses》
   74
《유럽 문학의 낭만주의 Le Romantisme
   dans la littérature europé-enne》 62
〈유일 L'Unique〉 95
〈유일자 der Einzige〉 95
《육욕 Volupté》 72
《음향과 분노 The Sound and the Fury》
   82
《이것이냐 저것이냐 L'Alternative》 19
《이탈리아의 場 Pages d'Italie》 73
《인간혐오자 Le Misanthrope》 19
《인생은 일장춘몽 La vida es un sueño》
   32
《잃어버린 시간을 찾아서 À la recherche
   du temps perdu》 13
《장미 The Rose》 22
쟁다름 드 베보트
   Gendarme de Bévotte, G. 34
《저승에서 Là-Bas》 134,136,140,143,144
《젊은 베르테르의 슬픔 Die Leiden des
   Jungen Werthers》 23,24,62
《젊은 예술가의 초상 Portrait of the Artist
   as a Young man》 25
《정신현상학
   La Phénoménologie de l'esprit》 70
《정오의 극점 Partage de midi》 33
제임스 James, H.   25,35,117,138
조이스 Joyce, J. A. A.   25,26,27,33,82,99,
   117,121,122,128,129,130
조지 George, S.   22
《주신 바코스의 시녀들 Les Bacchantes》

37,92
즈네트 Genette   98
지드 Gide, A. -P. -G.   22,23,83
지로두 Giraudoux, H. -J.   31,80
지오노 Giono, J.   21
〈지옥편 Enfer〉 140
《지혜의 슬픔 Gore ot uma》 19
《참조 문자 Lettrines》 23
《첸치 家 Cenci》 58
치마로사 Cimarosa, D.   20
카레 Carré, J. M.   22,35
카뮈 Camus, A.   80
카이사르 Caesar, G. J.   17
《카풀레티 가와 몬테키 I Capuletti e I
   Montecchi》 20
칼데론 데 라 바르카
   Calderón de la Barca, P.   32
칼로 Callot, J.   37
《칼로트풍으로 쓴 환상의 이야기
   Fantaisies à la manière de Callot》 37
캄파나 Campana   84
코르네유 Corneille, P.   17,32,37
콘로이 Conroy, J. W.   127
《콩데 왕자의 추도사 Oraison funèbre du
   prince de Condé》 17
퀴비에 Cuvier, G. Baron   15
《'크롬웰' 서문 Préface de 'Cromwell'》
   83
《클레브 공녀 La Princesse de Clèves》
   77
클로델 Claudel, P. -L. -C. -M.   32,33
《키르케와 공작 Circé et le Paon》 51
키에르케고르 Kierkegaard, S. A.   19
토도로프 Todorov, T.   11,32

토마스 아퀴나스 Thomas Aquinas 26

톨스토이 Tolstoy, L. N., Graf 33,35

톰슨 Thomson, J. 138,140

뛰렌 Turenne, H. de La T. d'A.,
vicomte de 17

트루송 Trousson, R. 33

《트리스탄과 이졸데 Tristan und Isolde》
33

티르소 데 몰리나 Tirso de Molina 19,20,
49,52,53,55,60

《파리떼 Les Mouches》 31,79

파스칼 Pascal, B. 16,111

《파우스트 Faust》 69

《파우스트 신화 Le Mythe de Faust》 34

《파우스트의 주제 Le Thème de Faust》
34

파운드 Pound, E. L. 33

《파이드로스 Phèdre》 26

〈파트모스 Patmos〉 95

페트라르카 Petrarca, F. 12

《폐허 Ruines》 24

포 Poe, E. A. 18,22,63

《포르투갈 수녀의 편지
Lettres de la religieuse portugaise》 74

포스콜로 Foscolo, U. 62,67,73,74,76

포크너 Faulkner, W. C. 82

퐁탄 Fontanes, T. 33,35

푸슈킨 Pushkin, A. S. 49,53,54,55,57,59,
60,62,64,70,71,73,75,76,83

푸코 Foucault, M. P. 37

《프랑스어의 옹호와 선양 Défense et
Illustration de la langue française》 22

《프로메테우스의 해방 Prométhée》 69

프루스트 Proust, M. 12,13,14,15,35,36,82

플라톤 Platon 25,26,27,93

플로베르 Flaubert, G. 33

플루타르코스 Plutarchos 17,18,19

《피티아 송가 Pythique》 92

핀다로스 Pindaros 91,92,94

하이데거 Heidegger, M. 95

《학생 토를레스의 혼란 Les Désarrois de
l'élève Törless》 35

한니발 Hannibal 17,18

《한여름밤의 꿈
A Midsummer Night's Dream》 32

〈해변의 墓地 Le Cimetière marin〉 27,28

헤겔 Hegel, G. W. F. 70

헤로도토스 Herodotos 17,18

〈현대 생활을 그리는 화가
Le Peintre de la vie moderne〉 63

《현대의 영웅 Un héros de notre temps》
68

《형태와 의미 Forme & Signification》 64

호라티우스 Horatius Flaccus, Q. 19

호프만 Hoffmann, E. T. A. 33,37,49,54,
57,58,59,60

홀베르 Holberg, L. 19

휠덜린 Hölderlin, J. C. F. 84,90,91,92,
93,95

《희곡 예술과 문학에 대한 강연
Conférences sur l'art et la
littérature dramatiques》 64

《희극적 환상 L'Illusion comique》 32

김정란
프랑스 뤼미에르 리옹2대학 불문학 박사
프랑스어문화잡지 〈쿠리에 프랑세〉 기자
상명대학교 인문과학연구소 전임연구원
현재 상명대학교 강사

현대신서
66

비교문학개요

초판발행: 2001년 4월 25일

지은이: F. 클로동 / K. 아다-보틀링
옮긴이: 김정란
펴낸이: 辛成大
펴낸곳: 東文選
제10-64호, 78. 12. 16 등록
110-300 서울 종로구 관훈동 74번지
전화: 737-2795
팩스: 723-4518

ISBN 89-8038-153-0 94800
ISBN 89-8038-050-X (현대신서)

【東文選 現代新書】

1	21세기를 위한 새로운 엘리트	FORESEEN 연구소 / 김경현	7,000원
2	의지, 의무, 자유 ― 주제별 논술	L. 밀러 / 이대회	6,000원
3	사유의 패배	A. 핑켈크로트 / 주태환	7,000원
4	문학이론	J. 컬러 / 이은경·임옥희	7,000원
5	불교란 무엇인가	D. 키언 / 고길환	6,000원
6	유대교란 무엇인가	N. 솔로몬 / 최창모	6,000원
7	20세기 프랑스철학	E. 매슈스 / 김종갑	8,000원
8	강의에 대한 강의	P. 부르디외 / 현택수	6,000원
9	텔레비전에 대하여	P. 부르디외 / 현택수	7,000원
10	고고학이란 무엇인가	P. 반 / 박범수	근간
11	우리는 무엇을 아는가	T. 나겔 / 오영미	5,000원
12	에쁘롱 ― 니체의 문체들	J. 데리다 / 김다은	7,000원
13	히스테리 사례분석	S. 프로이트 / 태혜숙	7,000원
14	사랑의 지혜	A. 핑켈크로트 / 권유현	6,000원
15	일반미학	R. 카이유와 / 이경자	6,000원
16	본다는 것의 의미	J. 버거 / 박범수	10,000원
17	일본영화사	M. 테시에 / 최은미	7,000원
18	청소년을 위한 철학교실	A. 자카르 / 장혜영	7,000원
19	미술사학 입문	M. 포인턴 / 박범수	8,000원
20	클래식	M. 비어드·J. 헨더슨 / 박범수	6,000원
21	정치란 무엇인가	K. 미노그 / 이정철	6,000원
22	이미지의 폭력	O. 몽젱 / 이은민	8,000원
23	청소년을 위한 경제학교실	J. C. 드루엥 / 조은미	6,000원
24	순진함의 유혹〔메디시스賞 수상작〕	P. 브뤼크네르 / 김웅권	9,000원
25	청소년을 위한 이야기 경제학	A. 푸르상 / 이은민	근간
26	부르디외 사회학 입문	P. 보네위츠 / 문경자	7,000원
27	돈은 하늘에서 떨어지지 않는다	K. 아른트 / 유영미	6,000원
28	상상력의 세계사	R. 보이아 / 김웅권	9,000원
29	지식을 교환하는 새로운 기술	A. 벵토릴라 外 / 김혜경	6,000원
30	니체 읽기	R. 비어즈워스 / 김웅권	6,000원
31	노동, 교환, 기술 ― 주제별 논술	B. 데코사 / 신은영	6,000원
32	미국만들기	R. 로티 / 임옥희	근간
33	연극의 이해	A. 쿠프리 / 장혜영	8,000원
34	라틴문학의 이해	J. 가야르 / 김교신	8,000원
35	여성적 가치의 선택	FORESEEN연구소 / 문신원	7,000원
36	동양과 서양 사이	L. 이리가라이 / 이은민	7,000원
37	영화와 문학	R. 리처드슨 / 이형식	8,000원
38	분류하기의 유혹 ― 생각하기와 조직하기	G. 비뇨 / 임기대	7,000원
39	사실주의 문학의 이해	G. 라루 / 조성애	8,000원
40	윤리학 ― 악에 대한 의식에 관하여	A. 바디우 / 이종영	근간
41	武士道란 무엇인가	新渡戶稻造 / 심우성	근간

42	진보의 미래	D. 르쿠르 / 김영선	근간
43	중세에 살기	J. 르 고프 外 / 최애리	8,000원
44	쾌락의 횡포·상	J. C. 기유보 / 김웅권	근간
45	쾌락의 횡포·하	J. C. 기유보 / 김웅권	근간
46	운디네와 지식의 불	B. 데스파냐 / 김웅권	근간
47	이성의 한가운데에서 — 이성과 신앙 A. 퀴노 / 최은영		6,000원
48	도덕적 명령	FORESEEN 연구소 / 우강택	근간
49	망각의 형태	M. 오제 / 김수경	근간
50	느리게 산다는 것의 의미	P. 쌍소 / 김주경	7,000원
51	나만의 자유를 찾아서	C. 토마스 / 문신원	6,000원
52	음악적 삶의 의미	M. 존스 / 송인영	근간
53	나의 철학 유언	J. 기통 / 권유현	8,000원
54	타르튀프 / 서민귀족	몰리에르 / 덕성여대극예술비교연구회	8,000원
55	판타지 산업	A. 플라워즈 / 박범수	근간
56	이탈리아영화사	L. 스키파노 / 이주현	근간
57	홍수〔장편소설〕	J. M. G. 르 클레지오 / 신미경	근간
58	일신교 — 성경과 철학자들	E. 오르티그 / 전광호	6,000원
59	프랑스 시의 이해	A. 바이양 / 김다은·이혜지	8,000원
60	종교철학	J. P. 힉 / 김희수	10,000원
61	고요함의 폭력	V. 포레스테 / 박은영	근간
62	소녀, 선생님 그리고 신	E. 노르트호펜 / 안상원	근간
63	미학개론 — 예술철학입문	A. 셰퍼드 / 유호전	10,000원
64	논증 — 담화에서 사고까지	G. 비뇨 / 임기대	6,000원
65	역사 — 성찰된 시간	F. 도스 / 김미겸	7,000원
66	비교문학개요	F. 클로동·K. 아다-보트링 / 김정란	8,000원
67	남성지배	P. 부르디외 / 김용숙·주경미	9,000원
68	호모사피언스에서 인터렉티브인간으로	FORESEEN 연구소 / 공나리	근간
69	상투어 — 언어·담론·사회	R. 아모시·A. H. 피에로 / 조성애	9,000원
70	촛불의 미학	G. 바슐라르 / 이가림	근간
71	푸코 읽기	P. 빌루에 / 나길래	근간
72	문학논술	J. 파프·D. 로쉬 / 권종분	8,000원
73	한국전통예술개론	沈雨晟	10,000원
74	시학 — 문학형식일반론입문	D. 퐁텐느 / 이용주	근간
75	자유의 순간	P. M. 코헨 / 최하영	근간
76	동물성 — 인간의 위상에 관하여	D. 르스텔 / 김승철	근간
77	랑가쥬 이론 서설	L. 옐름슬레우 / 김용숙·김혜련	10,000원
78	잔혹성의 미학	F. 토넬리 / 박형섭	9,000원
79	문학 텍스트의 정신분석	M. J. 벨멩-노엘 / 심재중·최애영	9,000원
80	무관심의 절정	J. 보드리야르 / 이은민	8,000원
81	영원한 황홀	P. 브뤼크네르 / 김웅권	근간
82	노동의 종말에 반하여	D. 슈나페르 / 김교신	근간
83	프랑스영화사	J. -P. 장콜 / 김혜련	근간

84 조와(弔蛙)	金敎臣 / 민혜숙	근간
85 역사적 관점에서 본 시네마	J. -L. 뤼트라 / 곽노경	근간
86 욕망에 대하여	M. 슈벨 / 서민원	근간
87 아인슈타인 최대의 실수	D. 골드스미스 / 박범수	근간
88 철학 연습	M. 아롱델-로오 / 최은영	근간
89 삶의 기쁨들	D. 노게 / 이은민	근간
90 주식이냐 삶이냐	P. 라바르트 · B. 마리 / 권종분	근간

【東文選 文藝新書】

1 저주받은 詩人들	A. 뻬이르 / 최수철 · 김종호	개정근간
2 민속문화론서설	沈雨晟	40,000원
3 인형극의 기술	A. 훼도토프 / 沈雨晟	8,000원
4 전위연극론	J. 로스 에반스 / 沈雨晟	12,000원
5 남사당패연구	沈雨晟	16,000원
6 현대영미희곡선(전4권)	N. 코워드 外 / 李辰洙	절판
7 행위예술	L. 골드버그 / 沈雨晟	절판
8 문예미학	蔡 儀 / 姜慶鎬	절판
9 神의 起源	何 新 / 洪 熹	16,000원
10 중국예술정신	徐復觀 / 權德周	24,000원
11 中國古代書史	錢存訓 / 金允子	14,000원
12 이미지 — 시각과 미디어	J. 버거 / 편집부	12,000원
13 연극의 역사	P. 하트놀 / 沈雨晟	절판
14 詩 論	朱光潛 / 鄭相泓	9,000원
15 탄트라	A. 무케르지 / 金龜山	10,000원
16 조선민족무용기본	최승희	15,000원
17 몽고문화사	D. 마이달 / 金龜山	8,000원
18 신화 미술 제사	張光直 / 李 徹	10,000원
19 아시아 무용의 인류학	宮尾慈良 / 沈雨晟	절판
20 아시아 민족음악순례	藤井知昭 / 沈雨晟	5,000원
21 華夏美學	李澤厚 / 權 瑚	15,000원
22 道	張立文 / 權 瑚	18,000원
23 朝鮮의 占卜과 豫言	村山智順 / 金禧慶	15,000원
24 원시미술	L. 아담 / 金仁煥	16,000원
25 朝鮮民俗誌	秋葉隆 / 沈雨晟	12,000원
26 神話의 이미지	J. 캠벨 / 扈承喜	근간
27 原始佛敎	中村元 / 鄭泰爀	8,000원
28 朝鮮女俗考	李能和 / 金尙憶	12,000원
29 朝鮮解語花史(조선기생사)	李能和 / 李在崑	25,000원
30 조선창극사	鄭魯湜	7,000원
31 동양회화미학	崔炳植	9,000원
32 性과 결혼의 민족학	和田正平 / 沈雨晟	9,000원
33 農漁俗談辭典	宋在璇	12,000원

34 朝鮮의 鬼神	村山智順 / 金禧慶	12,000원
35 道教와 中國文化	葛兆光 / 沈揆昊	15,000원
36 禪宗과 中國文化	葛兆光 / 鄭相泓・任炳權	8,000원
37 오페라의 역사	L. 오레이 / 류연희	절판
38 인도종교미술	A. 무케르지 / 崔炳植	14,000원
39 힌두교의 그림언어	안넬리제 外 / 全在星	9,000원
40 중국고대사회	許進雄 / 洪 熹	22,000원
41 중국문화개론	李宗桂 / 李宰碩	15,000원
42 龍鳳文化源流	王大有 / 林東錫	17,000원
43 甲骨學通論	王宇信 / 李宰錫	근간
44 朝鮮巫俗考	李能和 / 李在崑	12,000원
45 미술과 페미니즘	N. 부루드 外 / 扈承喜	9,000원
46 아프리카미술	P. 윌레뜨 / 崔炳植	절판
47 美의 歷程	李澤厚 / 尹壽榮	22,000원
48 曼茶羅의 神들	立川武藏 / 金龜山	절판
49 朝鮮歲時記	洪錫謨 外 / 李錫浩	30,000원
50 하 상	蘇曉康 外 / 洪 熹	절판
51 武藝圖譜通志 實技解題	正 祖 / 沈雨晟・金光錫	15,000원
52 古文字學첫걸음	李學勤 / 河永三	14,000원
53 體育美學	胡小明 / 閔永淑	10,000원
54 아시아 美術의 再發見	崔炳植	9,000원
55 曆과 占의 科學	永田久 / 沈雨晟	8,000원
56 中國小學史	胡奇光 / 李宰碩	20,000원
57 中國甲骨學史	吳浩坤 外 / 梁東淑	근간
58 꿈의 철학	劉文英 / 河永三	22,000원
59 女神들의 인도	立川武藏 / 金龜山	13,000원
60 性의 역사	J. L. 플랑드렝 / 편집부	18,000원
61 쉬르섹슈얼리티	W. 챠드윅 / 편집부	10,000원
62 여성속담사전	宋在璇	18,000원
63 박재서희곡선	朴栽緒	10,000원
64 東北民族源流	孫進己 / 林東錫	13,000원
65 朝鮮巫俗의 研究(상・하)	赤松智城・秋葉隆 / 沈雨晟	28,000원
66 中國文學 속의 孤獨感	斯波六郎 / 尹壽榮	8,000원
67 한국사회주의 연극운동사	李康列	8,000원
68 스포츠인류학	K. 블랑챠드 外 / 박기동 外	12,000원
69 리조복식도감	리팔찬	절판
70 娼 婦	A. 꼬르뱅 / 李宗旼	22,000원
71 조선민요연구	高晶玉	30,000원
72 楚文化史	張正明	근간
73 시간, 욕망 그리고 공포	A. 꼬르뱅	근간
74 本國劍	金光錫	40,000원
75 노트와 반노트	E. 이오네스코 / 박형섭	절판

76	朝鮮美術史研究	尹喜淳	7,000원
77	拳法要訣	金光錫	10,000원
78	艸衣選集	艸衣意恂 / 林鍾旭	14,000원
79	漢語音韻學講義	董少文 / 林東錫	10,000원
80	이오네스코 연극미학	C. 위베르 / 박형섭	9,000원
81	중국문자훈고학사전	全廣鎭 편역	15,000원
82	상말속담사전	宋在璇	10,000원
83	書法論叢	沈尹默 / 郭魯鳳	8,000원
84	침실의 문화사	P. 디비 / 편집부	9,000원
85	禮의 精神	柳肅 / 洪熹	10,000원
86	조선공예개관	日本民芸協會 편 / 沈雨晟	30,000원
87	性愛의 社會史	J. 솔레 / 李宗旼	18,000원
88	러시아미술사	A. I. 조토프 / 이건수	16,000원
89	中國書藝論文選	郭魯鳳 選譯	25,000원
90	朝鮮美術史	關野貞 / 沈雨晟	근간
91	美術版 탄트라	P. 로슨 / 편집부	8,000원
92	군달리니	A. 무케르지 / 편집부	9,000원
93	카마수트라	바짜야나 / 鄭泰爀	10,000원
94	중국언어학총론	J. 노먼 / 全廣鎭	18,000원
95	運氣學說	任應秋 / 李宰碩	8,000원
96	동물속담사전	宋在璇	20,000원
97	자본주의의 아비투스	P. 부르디외 / 최종철	6,000원
98	宗敎學入門	F. 막스 뮐러 / 金龜山	10,000원
99	변 화	P. 바츨라빅크 外 / 박인철	10,000원
100	우리나라 민속놀이	沈雨晟	15,000원
101	歌訣(중국역대명언경구집)	李宰碩 편역	20,000원
102	아니마와 아니무스	A. 융 / 박해순	8,000원
103	나, 너, 우리	L. 이리가라이 / 박정오	10,000원
104	베케트연극론	M. 푸크레 / 박형섭	8,000원
105	포르노그래피	A. 드워킨 / 유혜련	12,000원
106	셸 링	M. 하이데거 / 최상욱	12,000원
107	프랑수아 비용	宋勉	18,000원
108	중국서예 80제	郭魯鳳 편역	16,000원
109	性과 미디어	W. B. 키 / 박해순	12,000원
110	中國正史朝鮮列國傳(전2권)	金聲九 편역	120,000원
111	질병의 기원	T. 매큐언 / 서 일·박종연	12,000원
112	과학과 젠더	E. F. 켈러 / 민경숙·이현주	10,000원
113	물질문명·경제·자본주의	F. 브로델 / 이문숙 外	절판
114	이탈리아인 태고의 지혜	G. 비코 / 李源斗	8,000원
115	中國武俠史	陳山 / 姜鳳求	18,000원
116	공포의 권력	J. 크리스테바 / 서민원	근간
117	주색잡기속담사전	宋在璇	15,000원

118 죽음 앞에 선 인간(상·하)	P. 아리에스 / 劉仙子	각권 8,000원
119 철학에 대하여	L. 알튀세르 / 서관모·백승욱	12,000원
120 다른 곳	J. 데리다 / 김다은·이혜지	10,000원
121 문학비평방법론	D. 베르제 外 / 민혜숙	12,000원
122 자기의 테크놀로지	M. 푸코 / 이희원	12,000원
123 새로운 학문	G. 비코 / 李源斗	22,000원
124 천재와 광기	P. 브르노 / 김웅권	13,000원
125 중국은사문화	馬 華·陳正宏 / 강경범·천현경	12,000원
126 푸코와 페미니즘	C. 라마자노글루 外 / 최 영 外	16,000원
127 역사주의	P. 해밀턴 / 임옥희	12,000원
128 中國書藝美學	宋 民 / 郭魯鳳	16,000원
129 죽음의 역사	P. 아리에스 / 이종민	13,000원
130 돈속담사전	宋在璇 편	15,000원
131 동양극장과 연극인들	김영무	15,000원
132 生育神과 性巫術	宋兆麟 / 洪 熹	20,000원
133 미학의 핵심	M. M. 이턴 / 유호전	14,000원
134 전사와 농민	J. 뒤비 / 최생열	18,000원
135 여성의 상태	N. 에니크 / 서민원	22,000원
136 중세의 지식인들	J. 르 고프 / 최애리	18,000원
137 구조주의의 역사(전4권)	F. 도스 / 이봉지 外	각권 13,000원
138 글쓰기의 문제해결전략	L. 플라워 / 원진숙·황정현	20,000원
139 음식속담사전	宋在璇 편	16,000원
140 고전수필개론	權 瑚	16,000원
141 예술의 규칙	P. 부르디외 / 하태환	23,000원
142 사회를 보호해야 한다	M. 푸코 / 박정자	16,000원
143 페미니즘사전	L. 터틀 / 호승희·유혜련	26,000원
144 여성심벌사전	B. G. 워커 / 정소영	근간
145 모데르니테 모데르니테	H. 메쇼닉 / 김다은	20,000원
146 눈물의 역사	A. 뱅상뷔포 / 김자경	18,000원
147 모더니티입문	H. 르페브르 / 이종민	24,000원
148 재생산	P. 부르디외 / 이상호	18,000원
149 종교철학의 핵심	W. J. 웨인라이트 / 김희수	18,000원
150 기호와 몽상	A. 시몽 / 박형섭	22,000원
151 융분석비평사전	A. 새뮤얼 外 / 민혜숙	16,000원
152 운보 김기창 예술론연구	최병식	14,000원
153 시적 언어의 혁명	J. 크리스테바 / 김인환	20,000원
154 예술의 위기	Y. 미쇼 / 하태환	15,000원
155 프랑스사회사	G. 뒤프 / 박 단	16,000원
156 중국문예심리학사	劉偉林 / 沈揆昊	30,000원
157 무지카 프라티카	M. 캐넌 / 김혜중	25,000원
158 불교산책	鄭泰爀	20,000원
159 인간과 죽음	E. 모랭 / 김명숙	23,000원

160	地中海(전5권)	F. 브로델 / 李宗畋	근간
161	漢語文字學史	黃德實·陳秉新 / 河永三	24,000원
162	글쓰기와 차이	J. 데리다 / 남수인	28,000원
163	朝鮮神事誌	李能和 / 李在崑	근간
164	영국제국주의	S. C. 스미스 / 이태숙·김종원	16,000원
165	영화서술학	A. 고드로·F. 조스트 / 송지연	17,000원
166	미학사전	사사키 겐이치 / 민주식	근간
167	하나이지 않은 성	L. 이리가라이 / 이은민	18,000원
168	中國歷代書論	郭魯鳳 譯註	25,000원
169	요가수트라	鄭泰爀	15,000원
170	비정상인들	M. 푸코 / 박정자	25,000원
171	미친 진실	J. 크리스테바 / 서민원	근간
172	디스탱송(상·하)	P. 부르디외 / 이종민	근간
173	세계의 비참(전3권)	P. 부르디외 外 / 김주경	각권 26,000원
174	수묵의 사상과 역사	崔炳植	근간
175	파스칼적 명상	P. 부르디외 / 김웅권	근간
176	지방의 계몽주의(전2권)	D. 로슈 / 주명철	근간
177	이혼의 역사	R. 필립스 / 박범수	근간
178	사랑의 단상	R. 바르트 / 김희영	근간
179	中國書藝理論體系	熊秉明 / 郭魯鳳	근간
180	미술시장과 경영	崔炳植	16,000원
181	카프카 — 소수적인 문학을 위하여	G. 들뢰즈·F. 가타리 / 이진경	근간

【기 타】

현대의 신화	R. 바르트 / 이화여대기호학연구소	15,000원
모드의 체계	R. 바르트 / 이화여대기호학연구소	18,000원
텍스트의 즐거움	R. 바르트 / 김희영	15,000원
라신에 관하여	R. 바르트 / 남수인	10,000원
說 苑 (上·下)	林東錫 譯註	각권 30,000원
晏子春秋	林東錫 譯註	30,000원
西京雜記	林東錫 譯註	20,000원
搜神記 (上·下)	林東錫 譯註	각권 30,000원
경제적 공포[메디시스賞 수상작]	V. 포레스테 / 김주경	7,000원
古陶文字徵	高 明·葛英會	20,000원
古文字類編	高 明	절판
金文編	容 庚	36,000원
딸에게 들려 주는 작은 지혜	N. 레흐레이트너 / 양영란	6,500원
딸에게 들려 주는 작은 철학	R. 시몬 셰퍼 / 안상원	7,000원
미래를 위한다	J. D. 로스네 / 문 선·김덕희	8,500원
산이 높으면 마땅히 우러러볼 일이다	유 향 / 임동석	5,000원
서기 1000년과 서기 2000년 그 두려움의 흔적들	J. 뒤비 / 양영란	8,000원
선종이야기	홍 회 편저	8,000원

■ 섬으로 흐르는 역사	김영희	10,000원
■ 세계사상	창간호~3호: 각권 10,000원 / 4호:	14,000원
■ 십이속상도안집	편집부	8,000원
■ 어린이 수묵화의 첫걸음(전6권)	趙 陽	42,000원
■ 오늘 다 못다한 말은	이외수 편	6,000원
■ 오블라디 오블라다, 인생은 브래지어 위를 흐른다	무라카미 하루키 / 김난주	7,000원
■ 잠수복과 나비	J. D. 보비 / 양영란	6,000원
■ 천연기념물이 된 바보	최병식	7,800원
■ 原本 武藝圖譜通志	正祖 命撰	60,000원
■ 隷字編	洪鈞陶	40,000원
■ 테오의 여행 (전5권)	C. 클레망 / 양영란	각권 6,000원
■ 한글 설원 (상·중·하)	임동석 옮김	각권 7,000원
■ 한글 안자춘추	임동석 옮김	8,000원
■ 한글 수신기 (상·하)	임동석 옮김	각권 8,000원

【조병화 작품집】

■ 공존의 이유	제11시집	5,000원
■ 그리운 사람이 있다는 것은	제45시집	5,000원
■ 길	애송시모음집	10,000원
■ 개구리의 명상	제40시집	3,000원
■ 꿈	고희기념자선시집	10,000원
■ 따뜻한 슬픔	제49시집	5,000원
■ 버리고 싶은 유산	제 1시집	3,000원
■ 사랑의 노숙	애송시집	4,000원
■ 사랑의 여백	애송시화집	5,000원
■ 사랑이 가기 전에	제 5시집	4,000원
■ 시와 그림	애장본시화집	30,000원
■ 아내의 방	제44시집	4,000원
■ 잠 잃은 밤에	제39시집	3,400원
■ 패각의 침실	제 3시집	3,000원
■ 하루만의 위안	제 2시집	3,000원

【이외수 작품집】

■ 겨울나기	창작소설	7,000원
■ 그대에게 던지는 사랑의 그물	에세이	7,000원
■ 꿈꾸는 식물	장편소설	6,000원
■ 내 잠 속에 비 내리는데	에세이	7,000원
■ 들 개	장편소설	7,000원
■ 말더듬이의 겨울수첩	에스프리모음집	7,000원
■ 벽오금학도	장편소설	7,000원
■ 장수하늘소	창작소설	7,000원
■ 칼	장편소설	7,000원